4월, 그 비밀들

3쇄 발행 2023년 5월 5일

지은이 문부일
펴낸이 정혜숙　　**펴낸곳** 마음이음

책임편집 여은영　　**디자인** 김세라
등록 2016년 4월 5일(제2016-000005호)
주소 03925 서울시 마포구 월드컵북로 402, 9층 917A호(상암동 KGIT센터)
전화 070-7570-8869　　**전자우편** ieum2016@hanmail.net　　**팩스** 0505-333-8869
블로그 https://blog.naver.com/ieum2018

ISBN 979-11-92183-11-4 43810
　　　　979-11-960132-0-2 (세트)

ⓒ 문부일 2022
이 책의 내용은 저작권법의 보호를 받는 저작물이므로 무단전재와 복제를 금합니다.
책값은 뒤표지에 있습니다.

4월, 그 비밀들

|문부일 지음|

마음이음

차례

세 단어들 … 7
퐁드르 … 16
꼰대 할머니 … 31
요망진 녀석들 … 45
4월의 이야기 … 57
극한 직업 체험 … 67
사연 있는 밤 … 78
쫓겨난 녀석들 … 90
침묵 … 101
귀양풀이 … 108
단서들 … 120
기억들 … 127
그 비밀들 … 137
다시, 시작 … 144

지금도 흐르고 있는 이야기 『4월, 그 비밀들』 150
작가의 말 154

세 단어들

캐리어를 끌면서 제주공항 대합실을 빠져나가는데 왠지 리어카를 끌고 가는 듯 무거웠다. 다른 사람들은 가방을 메거나 작은 캐리어를 끌고 가뿐하게 걷고 있었다. 이렇게 크고 무거운 캐리어를 끄는 사람은 나뿐이었다. 부모님 없이 혼자 하는 여행이라 점퍼 두 벌과 바지 여러 벌, 운동화와 단화, 작은 가방까지 챙기다 보니 이삿짐처럼 짐이 많아졌다. 다시 팔에 힘을 주며 씩씩하게 리어카를 끌고 밖으로 나가고 있었다.

"학생, 바퀴가 빠졌어!"

어떤 아저씨가 굴러가는 검은색 바퀴를 가리켰다. 안 그래도 바퀴가 헛돌아서 걱정했는데 완전히 빠져 버린 것이다. 할아버지가 보셨다면 입버릇처럼 '나야더리!'라고 할 텐데.

 빠진 바퀴를 주워서 쓰레기통에 버리는데, 그 일을 해결할 수 없다는 예언 같아 한숨이 나왔다. 이럴 때 할아버지는 어떻게 했을까? 긍정적인 성격이니 고장 난 바퀴가 쉽게 빠지듯이 일도 잘 풀릴 거라고 하셨을 거다. 나도 그렇게 생각을 바꾸었더니 어깨에 힘이 들어갔다.

 한쪽 바퀴가 빠져 기우뚱대는 리어카를 끌면서 규완이와 만나기로 한 3번 버스 정류장으로 향했다. 공항 정원에는 야자수가 많았다. 바람이 세게 불었지만 춥지 않고 오히려 시원했다. 그제야 제주도에 온 것이 실감 났다. 난생처음 혼자 비행기를 타고 제주도에 오니 어른이 된 기분이다. 물론 덩치가 크고 노안이라 승무원들은 나를 대학생으로 생각하는 듯했지만! 이번 일만 잘 해결하면 앞으로 뭐든 해낼 수 있을 것 같다. 그러면 여름방학에는 혼자 외국에 나갈 생각이다.

 "나마준! 잘 지냈지?"

 규완이가 육상 선수 출신답게 빠르게 뛰어왔다. 까무잡잡하게 탄 얼굴, 탄탄한 다리 근육을 보니 언뜻 한라산 초원을 누비는 조랑말이 떠올랐다.

 "응. 오랜만이다. 한데 초록색 추리닝은 좀 튀지 않냐?"

"귤 따다 와서 그래. 여기엔 날 아는 사람도 없는데 뭐."

녀석은 초록색 운동화까지 신어서 풀밭에 숨으면 아무도 알아보지 못할 것이다.

"학교 관두고 농사꾼 체험 중이야?"

낯선 제주도에서 녀석을 보니 더 반가웠다.

"응. 고딩 농부 유튜버가 될까? 〈고등래퍼〉보다 더 대박 날 거야!"

버스 정류장에서 수다를 떠는데 알아들을 수 없는 제주도 사투리가 들렸다. 무사, 혼저, 알았수다!는 발음이 거칠어서 싸우는 줄 알았는데 사람들은 웃으며 이야기를 나누었다.

"무사는 왜, 혼저는 빨리라는 뜻이야."

규완이가 설명해 줬다. 그러고 보니 공항 곳곳에 '혼저 옵서예!'라고 적혀 있었다.

규완이와는 초등학교 5학년 때부터 베프였다. 졸업 후, 녀석이 육상으로 유명한 학교로 가서 자주 만나지 못했다. 그러다가 훈련 도중 다쳐서 육상을 포기했고, 그 이후 온 가족이 제주도로 이사 와서 펜션을 운영한다.

버스에 올라 의자에 앉았다. 규완이가 바퀴 빠진 캐리어를 다리 사이에 딱 끼고 앉았다.

"갑자기 제주도엔 왜 온 거야?"

녀석이 주머니에서 흠집이 난 귤을 꺼냈다.

"할아버지를 간호하느라 고생했다고 부모님이 휴가를 주셨지. 근데 더 중요한 목적이 있어. 네가 많이 도와줘야 해."

나는 주변을 둘러보며 목소리를 낮추고 할아버지의 유언을 들려줬다.

1년 전, 할아버지가 병원에 있을 때 내가 간호했다. 병원에서는 잠자리가 불편해 새벽마다 일찍 일어났다. 옆 침대에 누운 환자들은 거친 숨을 몰아쉬고 보호자들도 보조 침대에 누워 쪽잠을 자는 이른 시간, 가습기에서 수증기 올라오는 소리를 들으며 나는 물수건으로 할아버지의 손과 발을 닦고 있었다. 그때, 할아버지가 힘겹게 제주, 퐁뜰, 강생 이 세 단어를 중얼거렸다. 무슨 뜻이냐고 물어도 할아버지는 힘없이 같은 말을 중얼거렸다. 세상을 떠나기 전에 꼭 전해야 할 만큼 중요한 사연이 있는 것일까?

장례식을 마치고 인터넷에서 뜻을 찾아보았으나 알 수 없었다. 고등학교에 진학해 바쁘게 지내다 보니 그 유언을 잊고 있었다. 그런데 다음 달 첫 제사를 앞두고 꿈에 할아버지가 여러 번 나타나 그 유언이 떠올랐다. 이승에서의 한을 풀지 못하면 혼령이 저승으로 올라가지 못한다는 말이 생각나 할아버지의 원을 풀어드리기로 마음먹고 제주도 여행을 계획했다. 부모님에게는 비밀로 했다. 사실대로 말하면 괜한 짓을 한다고 여행을 반대할 테니까.

"제주도에 있는 동안 풍뜰, 강생의 뜻을 알아내야 해."

"힌트도 없는데 어떻게 알아내? 중문해수욕장에 떨어진 동전 찾기가 더 쉽겠네."

"단서는 제주, 여기에서부터 시작해 봐야지. 할아버지의 소원 같아서 꼭 풀어드리고 싶어. 핑계 삼아 제주도 구경도 하고!"

"흠, 어린 시절 헤어진 동생인가? 출생의 비밀 같은 거. 아니면 원한 관계인데 이제 화해하려는 건가?"

추리 소설을 좋아하는 규완이는 사건을 맡은 탐정처럼 혼자 고민에 빠졌다.

그 사이 창밖이 어둑어둑해지고 버스가 해안 도로를 달렸다. 경치가 좋은 곳마다 카페와 레스토랑이 많았고, 불을 환하게 켜놓아서 대낮 같았다. 횡단보도가 없고 정류장 사이가 멀어서 버스는 쉬지 않고 달렸다.

"너희 부모님이 소갈비 세트를 보냈더라. 오랜만에 갈비 실컷 먹겠네."

규완이가 입맛을 다시는 시늉을 했다.

부모님은 2층짜리 '홍길동 갈비'를 운영하느라 하루에 5시간 밖에 못 주무시고 홍길동처럼 뛰어다닌다. 두 분 모두 가정 형편이 어려워 대학 진학을 포기하고 일만 하다가 30대 후반에 결혼했고, 억척스럽게 돈을 모아 작은 가게를 인수해 지금의 가게로 크게 키워 냈다.

아빠는 나에게 공부를 열심히 하라는 말을 한 번도 하지 않았다. 오히려 책을 많이 본다고, 그러면 할아버지를 닮는다고 잔소리했다. 할머니를 닮아 생활력이 강한 아빠는 여유롭게 산책하고, 책 읽고, 영화 보기를 즐기는 할아버지를 이해하지 못했다. 아빠는 나에게 대학 가지 말고 가게를 이어받으라고 했다.

피곤해서 잠깐 자려고 했는데 뒤에 앉은 할머니들의 수다에 귀가 따가웠다. 거친 외국어 같은 사투리에 조금씩 적응하고 있는데 익숙한 단어가 들렸다.

"나야더리!"

뽀글 파마를 한 할머니가 맞장구를 쳤다. 그 순간 눈이 번쩍 떠졌다. 할아버지가 자주 쓰는 말이었다.

"나야더리가 제주도 말이야?"

"젠장이란 뜻이야. 젊은 사람들은 안 쓰고 어르신들이 많이 쓰셔."

규완이가 나야더리를 발음했는데 이상해서 그야말로 '나야더리!'였다. 나야더리라고 외치던 할아버지가 떠올라 마음 한 끝이 저렸다. 그런데 할아버지가 제주도 사투리를 하신다고? 서울 토박이인 할아버지는 제주도 이야기를 한 적이 없고 귤도 좋아하지 않았다.

 100살까지 살 거라고 자신하던 할아버지는 아침 일찍 뒷산에서 운동을 하면서 쓰레기를 줍는 동네 모범 영감님이었다. 그런데 지난해 1월 갑자기 기운이 없다며 늦잠을 자고 식사도 걸러서 병원에 갔더니 식도암 말기였다. 연세가 많아서 수술을 할 수 없었다. 마침 내가 중학교 졸업을 하고 방학이라서 간호를 도맡았다. 할아버지는 앙상한 나뭇가지처럼 말라 갔고 제대로 걷지 못해 누워만 계시다가 세상을 떠나셨다.

 창밖을 보며 할아버지를 추억하는데 코 고는 소리가 요란했다. 귤을 따고 온 농업 꿈나무가 금세 잠들었다. 버스가 흔들릴 때마다 녀석의 머리가 창문에 부딪치는데도 깨지 않았다.

 히터 때문에 버스 안 공기가 탁했다. 할아버지가 입원했던 병실의 공기와 비슷했다. 창문을 조금 여니 비릿한 바다 냄새가 풍기고 파도 소리가 경쾌했다. 할아버지는 왜 돌아가시기 직전에 암호 같은 세 단어를 말했을까?

 창밖에서 불어오는 제주 냄새를 맡으며 유언을 생각하는데 전화 벨소리가 울렸다. 그 소리에 깬 녀석이 하품을 하며 전화를 받더니 이내 끊었다.

"서울에서 온 전화인데 대답을 안 해. 며칠 전부터 이런 전화가 와."

녀석은 핸드폰을 무음으로 한 뒤 다시 잤다.

해안 도로를 빠져나온 버스가 한라산 쪽으로 올라갔고, 도로에는 가로등이 없어서 어두웠다. 지나가는 차도 없어서 버스는 속도를 더 높였다.

얼마나 달렸을까. 다음 정류장은 솔밭마을이라는 방송이 나왔다. 코를 골던 녀석이 벌떡 일어나 하차 벨을 눌렀고 곧 버스가 멈추었다. 우리는 허겁지겁 버스에서 내렸다.

흙냄새가 진하게 풍기는 마을이었다. 돌담을 따라 과수원이 있었고 그 앞으로 경운기가 지나갔다. 일을 마치고 걸어가는 할머니들의 옷에 흙이 묻어 있었다. 어떤 할머니는 무가 든 가방을 어깨에 메고 있어서 걸음이 더뎠다.

과수원 사이로 난 좁은 길을 따라가자 작은 건물 3개가 있는 '돌코롬 펜션'이 나왔다. 돌코롬은 달콤하다는 사투리라고 간판에 쓰여 있었다.

"혼저 오라!"

이모가 손을 흔들었다.

"이모는 더 젊어지셨어요. 제주 공기가 좋은가 봐요."

이모 얼굴엔 주름과 기미가 많고 배도 나왔다. 하지만 선의의 거짓말은 삶에 활력을 준다는 걸 나는 안다.

이모가 손으로 입을 가리며 웃었다.

"마준이가 온다고 해서 방어회를 준비했어."

수돗가에서 회를 뜨는 이모부도 대기업에 다닐 때와 다르게 얼굴이 많이 탔고, 어딘가 피곤해 보였다.

우리 집에서 맡기 힘든 생선 비린내가 풍겼다. 방어는 지금까지 본 생선 중에 가장 컸다.

"또 회야?"

규완이가 투덜거리며 내일은 갈비를 먹자고 했다.

2층에 짐을 풀고 부모님과 통화했다. 연초라서 단체 손님이 많아 시끌벅적한 소리가 제주도까지 전해졌다. 그렇게 제주도에서의 첫날이 지나가고 있었다.

퐁드르

 경운기 시동 거는 소리, '혼저' 귤 따러 가자는 고함, 경로당에서 점심 식사를 대접한다는 마을 회관 안내 방송이 이어져 잠을 잘 수가 없었다. 잠에서 깨어날 수밖에 없는 강제 모닝콜이었다.
 새벽 5시 반, 겨울에 농촌은 일이 없어 쉰다고 했는데 제주도는 귤을 따느라 더 바쁜가 보다. 창밖은 어두컴컴했고 눈발이 조금씩 날렸다. 다시 누웠지만 잠이 달아나 버려서 창문을 활짝 열었다. 차가운 공기가 신선했다.
 병원에서 새벽을 맞이하던 이맘때가 떠올랐다. 할아버지의 대소변을 받아 내던 그때가 먼 옛날 같았다. 같은 병실에 있던 위암 환자 아저씨, 공장에서 일하다가 추락했는데 보상을 받지 못한 대학생 형, 학교 폭력으로 입원한 내 또래 아이는 어떻게 살고 있을까? 그 녀석은 부모가 복지 시설에 버려서 외롭게 컸다고 덤덤하게 말했었다. 여러 환자들을 보면서 내가 본 적도, 들은 적도 없는 삶의 풍경을 자주 접했다. 삶이 드라마나 영화보다 더 가혹하고 무서울 때가 있다는 걸 그때 알았다.

"일찍 일어났네. 잘 잤어?"

규완이가 방문을 열었다.

이모와 이모부는 귤을 따러 새벽부터 과수원에 갔다. 겨울철이라 손님이 줄어 과수원 일도 거든다고 했다. 내가 오지 않았다면 녀석도 과수원과 하나가 되는 초록색 옷을 입고 귤 따기 동영상을 찍었을 것이다.

그사이 어둠을 비집고 푸르스름한 빛이 방으로 들어왔다.

"밥 먹고 제주 시내에 가 보자."

녀석은 체조를 하면서 몸을 풀었다. 나도 녀석을 따라하며 제주도에서의 하루를 시작했다. 할아버지가 남긴 유언의 단서를 찾으려면 부지런히 움직여야 했다.

샤워를 하고 부엌에 갔더니 녀석이 아침 식사를 차리고 있었다. 앞치마를 입은 모습이 자연스러웠다. 장난만 치던 초등학생에서 벗어나 어른처럼 의젓해 보였다.

뜨거운 김이 올라오는 된장국을 맛보았다. 마당에서 자라는 배추를 막 뽑아다 끓여서인지 국물이 시원했다. 엄마가 맛보았다면 배추를 계약할 수 있냐고 물었을 것이다.

"배춧국에 다진 마늘을 넣으면 시원할 거야. 물론 지금도 맛있지만."

"홍길동 갈비 2세답네. 너도 음식점 해라. 네가 하는 2호점은 임꺽정 갈비야!"

이모가 해 둔 갈치조림은 짠맛과 단맛이 적당했고 싱싱해서 비린내도 없었다. 집에서 고기만 먹다가 오랜만에 생선을 먹으니 젓가락을 내려놓을 수 없었다. 할아버지 생각도 났다. 갈치를 좋아하는 할아버지는 살을 발라서 내 숟가락에 올려 주곤 했었다.

"제주어 사전에서 강생, 퐁뜰을 검색해도 없더라. 혹시 할아버지의 첫사랑 아닐까?"

추리 소설 마니아는 아침부터 열심히 연구했다.

"할아버지는 서울 사람이라 제주도에 여친이 없을 텐데."

규완이는 밥을 먹다 말고, 감귤을 따고 번 돈으로 샀다며 노트북을 자랑했다.

"앞으로 난 제주에서 뭐하지? 진짜 유튜버가 될까? 무슨 아이템으로 하지?"

녀석은 다음 달부터 청소년문화센터에서 동영상 편집 수업을 듣는다고 했다.

"과수원을 배경으로 귤 한 상자 먹기 먹방, 아니면 제주 해안 도로를 달리며 조깅 라이브?"

"조깅 라이브 좋다! 그런데 달리는 모습은 누가 촬영해?"

수다를 떨면서 식사를 끝내고 내가 설거지를 했다. 서툴러 접시를 떨어뜨렸지만 다행히도 깨지지 않았다. 집에서는 도우미 아줌마가 있어서 설거지를 해 본 적이 없었다. 할아버지가 살아 계실 때, 집안일은 할아버지 몫이었다. 요리, 설거지, 청소, 빨래 모두 다 잘했으니까. 할아버지는 화창한 날에는 수건을 꼭 햇볕에 말려서, 수건이 가슬가슬했고 햇살 냄새가 났다. 요즘에는 수건에서 섬유유연제의 화학 성분 냄새가 난다.

펜션 앞 정류장에서 버스를 탔다. 목적지는 한라산 눈꽃축제였다. 한겨울, 제주에 오면 산에서 눈썰매를 꼭 타 봐야 한다고 녀석이 호들갑을 떨었다. 눈발이 그쳐 햇볕이 뜨겁게 내리쬐더니 봄날처럼 포근해졌다. 제주도의 날씨는 듣던 대로 변덕이 심했다.

다음 정류장에서 할머니 몇 분이 채소가 든 보따리를 들고 버스에 탔다.

"삼춘, 어디 감수광?"

아줌마는 바지부터 점퍼까지 노란색으로 맞춰 입었다.

"오일장에 배추 팔러 가맨!"

다음 정류장에서 탄 사람들도 서로 삼춘이라고 불러 친척들이 모여 사는 줄 알았다. 규완이가 제주도에서는 어른들을 편하게 삼춘이라고 부른다고 했다. 할머니들은 처음 만났는데도 서로 편하게 이야기를 나눴고 곧 아들딸과 손자 자랑으로 이어졌다. 어르신들의 붙임성을 배우고 싶었다.

버스 안의 텔레비전에서는 제주 홍보 영상이 나왔다. 4월, 제주에서 세계육상대회가 열린다며 선수들 사진도 보였다. 한국 대표로는 A 선수가 출전했다.

"저 형, 우리 육상부 출신인데 100미터 단거리에서는 최고야. 형의 훈련량은 따라잡을 수가 없어. 장난도 잘 치고. 내가 다치지 않았어도……."

녀석이 씁쓸한 표정을 지으며 선배한테 문자를 보냈다. 훈련 중인지 답이 없었다.

텔레비전에서 육상 대회 소식이 끝나고 제주 역사 코너가 이어졌다. 제주공항 역사를 소개했는데, 일제 강점기에 만든 '정드르 비행장'이 그 시작이었다. '드르'는 넓은 들판이라는 뜻이다.

"정뜰 비행장 만들 때, 우리 마을 사람들이 가서 고생 많이 했주."

배추 할머니가 정드르를 빠르게 말하자 '정뜰'이라고 들렸다.

"정드르, 정뜰? 드르? 퐁뜰이 퐁드르 아니야?"

규완이의 말에 스마트폰으로 '퐁드르'를 검색했더니 프랑스 음식 퐁듀가 나올 뿐 다른 정보는 없었다.

노란색 옷으로 맞춰 입은 아줌마한테 인사하며 퐁뜰이나 퐁드르를 아는지 여쭤보았다.

"퐁뜰, 퐁드르? 무슨 말인지 모르크라. 퐁낭은 알지."

아줌마가 창밖에 서 있는 큰 나무를 가리켰다. 규완이가 제주에서는 나무를 '낭'이라고 하는데, 퐁낭은 팽나무를 뜻한다고 했다.

"그러면 강생은 무슨 말인지 아세요?"

"강생? 강생이? 강생이는 강아지라는 뜻이주."

강생이 강아지라면 할아버지가 어린 시절에 키웠던 강아지를 그리워하는 것일까?

아줌마의 이야기를 들을수록 더 아리송해져서 나도 모르게 "나야더리!"라고 중얼거렸다. 영상이 끝났다. 마지막 자막에

'역사 자문, 제주문화연구원'이라고 적혀 있었다.

 버스가 목적지에 도착했고, 우리는 다시 눈썰매장에 가는 셔틀버스로 갈아타야 했다. 셔틀버스 승차장에는 관광객이 많아 경상도, 전라도, 충청도 사투리가 한꺼번에 들렸다.
 "사람이 이렇게 많은데 눈썰매를 탈 수 있겠어?"
 버스는 15분에 한 대씩 운행하는데 우리가 타려면 1시간은 더 걸릴 것 같았다.
 "기다리자. 천연 눈썰매장은 처음이잖아."
 녀석이 버스 시간표를 살펴보았다.
 하품을 하면서 주변을 두리번거리는데 가로수들이 눈에 들어왔다. 나무 앞에는 안내문이 있었는데, 덩치가 크고 가지가 많은 나무는 팽나무였고 제주어로 폭낭이었다. 그 안내문의 출처도 제주문화연구원이었다. 핸드폰으로 안내문에 있는 큐알 코드를 찍었더니 연구원 홈페이지로 연결되었다. 이곳에서 20분이면 갈 수 있는 곳이었다.
 "노는 것보다 할아버지 유언이 먼저야. 제주문화연구원이 여기서 가깝다니까 가서 물어보면 어떨까?"
 규완이가 흔쾌히 고개를 끄덕였다. 그러면서 연구원에 전화하더니 참고할 만한 제주도 지명 사전이 있는지 물어보았다.

다행히도 자료가 많다고 했다. 규완이는 시계를 보더니 곧 점심시간이라 연구원도 쉴 테니, 우리도 점심을 먹고 가자고 했다. 이렇게 두루두루 상황을 살피는 규완이가 믿음직스러웠다. 돌이켜보면 규완이 덕분에 나는 초등학교 생활도 잘할 수 있었다.

우리는 버스를 타고 연구원 근처에 있는 동문시장에 갔다.
"장시문동이네!"
"사투리야?"
"동문시장을 거꾸로 읽었어. 재미있잖아."
우리가 간 떡볶이 가게에는 줄을 서고 기다리는 사람들이 많았다. 큰 냄비에 떡볶이가 끓었다. 옆에서는 튀김을 튀기고 김밥을 마느라 분주했다. 한참을 기다렸더니 우리 차례가 와서 음식을 주문했다. 떡볶이에는 만두, 김밥 반 줄, 달걀이 들어 있었다. 서울에서 사 먹는 떡볶이와 맛이 달랐는데 특히 국물이 맛있게 매웠다.

식사를 마치고 큰길로 나갔다. 할머니들이 길거리에서 빙떡과 호떡을 팔았다. 빙떡은 메밀가루를 얇게 부쳐서 그 위에 무채나물을 넣고 빙빙 말아서 먹는 음식이다. 호떡과 빙떡을 10개씩 샀다.

"왜 이렇게 많이 사? 난 배불러서 못 먹어."

"연구원에 가져가려고. 세상에 공짜가 어디 있냐?"

뜨거운 호떡을 가방 안쪽에 잘 넣었다. 할아버지는 남의 집에 갈 때에는 빈손으로 가지 말고 꼭 빵 하나라도 사 가라고 했다.

산지천을 따라 걸으니 바다가 나왔다. 햇살이 바다에 반사되어 눈이 부셨고 근처에 제주항이 있어서 뱃고동 소리도 들려왔다.

"저기 맞지?"

녀석이 거상 김만덕 기념관 옆 작은 건물을 가리켰다. 2층에 연구원 간판이 보였다. 나는 서둘러 안으로 들어갔다.

"어떻게 완?"

선글라스를 낀 할아버지는 표정도 굳어 있고 말투도 딱딱했다.

"제주 사투리를 좀 여쭤보려고 왔어요."

사실대로 말해야 도와줄 것 같아서 할아버지가 남긴 세 단어를 말하면서 호떡과 빙떡도 꺼냈다. 달콤한 냄새가 삭막한 사무실에 퍼져 나갔다.

"아휴, 학생들이 돈이 어디 있어서! 고마워. 빙떡을 오랜만에 먹네."

"빙떡이 요즘 다이어트 음식으로 인기마씸! 메밀은 살도 안 찌니까."

사무실 누나가 호떡과 빙떡을 받아 우리와 사무실 사람들에게 나눠 주었다.

"얻어먹었으니 확실하게 도움을 줘야겠네. 내가 제주 향토사 전공이주."

할아버지가 선글라스를 벗었다. 카리스마는 사라지고 아래로 처진 눈꼬리가 순박해 보였다.

"알뜨르, 진드르는 들어 봐도 퐁뜰, 퐁드르는 처음인디."

다른 할아버지가 베개로 쓰면 좋을 것 같은 두꺼운 『제주 마을 연구』 책자를 찾았다.

"연락처 주고 가라! 알게 되면 연락하켜."

빙떡과 호떡을 가장 많이 먹은 누나가 쪽지와 볼펜을 내밀었다. 종이 모서리에 기름 자국과 꿀이 묻어 있었다.

연구소 건물 밖으로 나왔다. 햇빛은 사라지고 세상이 회색빛으로 물들고 있었다. 포근했던 한낮의 바람도 어느새 쌀쌀해졌다. 날씨 탓일까. 기운이 빠지면서 허기가 진 듯했다. 연구원에서 어떤 단서를 찾을 수 있으리라 기대했었나 보다.

"퐁뜰인지 퐁드르인지 그것도 확실하지 않은데 강생은 또 뭘까? 스무고개 하는 것도 아니고."

녀석이 바닥에 굴러다니는 돌을 주워 바다 쪽으로 힘껏 던졌다.

"조금 더 찾아보자. 돈 드는 것도 아니고 시간도 많잖아."

"그런 열정으로 공부했으면 너도 성적이 좋았을 텐데."

"우리 아빠가 학교 공부를 못해도 잘살 수 있다고 했어. 우리 부모님이 증명하잖아."

"맞아! 그래서 나도 공부는 못하지만 뭐든 해 보려고!"

규완이가 씩씩하게 말했지만 표정은 어두웠다. 발목을 다치지 않았다면 녀석도 올림픽 출전을 바라보며 지금 제주에서 전지훈련을 할 텐데.

정류장으로 걸어가는데 규완이가 전화를 받았다. 발신지는 서울이었고, 이번에도 상대방은 대답하지 않았다.

"보이스피싱 전문 김미영 팀장님인데 청소년이라서 전화를 끊었나 봐."

우리가 키득거리는 동안 멀리 버스가 오고 있어서 부리나케 달렸다. 마침 동문시장 앞 횡단보도의 신호등이 초록불이라서 버스가 멈췄고, 그사이 우리는 정류장에 도착했다.

규완이는 버스 의자에 앉자마자 잠을 청했다. 나는 핸드폰을 보면서 메시지를 확인하다 버스에 있는 텔레비전을 보았다. 마침 인터뷰 방송을 하는데 머리가 하얗고 얼굴이 인자한 원로 소설가가 나왔다. 그분은 할아버지와도 친분이 있었다. 교과서에도 그 작가의 작품이 실렸는데 이해하기 어려운 소설이라 수능을 준비하는 선배들이 싫어했다.

작가 지망생이었던 할아버지는 젊은 날에 쓴 단편 소설들이 제법 많았다. 신춘문예 최종심에도 여러 번 올랐다. 만약 할아버지가 그때 당선되었다면 저 작가만큼 유명해졌을까?

할아버지가 돌아가신 뒤, 아빠는 할아버지 방에 있는 책들을 버리겠다고 했다. 1970년대에 출간된 책들을 보면서 부모님은 눈살을 찌푸렸다. 퀴퀴한 냄새가 나는 책들은 조금만 세게 넘기면 종이가 바스라질 것 같았고, 글자가 세로로 쓰인 것도 많았다. 책을 정리하다가 할아버지가 쓴 7편의 단편 소설 원고를 발견했다. 아빠가 버릴 것 같아 내가 보관하고 있다. 할아버지의 손때가 묻은 원고를 버린다면 할아버지의 냄새와 흔적도 같이 사라지는 셈이었다.

퇴근 시간이라 길이 막혔다. 사방에서 경적을 울려 대 귀도 아팠다. 도로가 서울만큼 혼잡해 제주 시내를 빠져나와 서부 관광도로로 가는 데 1시간 이상 걸렸다. 빈 자리가 없어 버스에 서 있는 사람들의 어깨가 축 늘어졌다. 퇴근길의 풍경은 제주와 서울 모두 비슷했다.

2시간이나 걸려 솔밭마을에 도착했다. 버스에 오래 앉아 있었더니 엉덩이와 허리가 배겨 스트레칭을 하며 걸었다. 펜션으로 들어서는데 마당에 불이 환하게 켜져 있었다.
"내일 단체 손님이 올 거라 대청소하고 있어."
이모와 이모부가 마당을 정리했다. 이모부의 낚시 솜씨가 좋다고 소문이 나서, 서울에서 낚시 팀이 온다고 했다.
"마준아, 미안한데 작은 방으로 옮겨야 할 것 같아. 단체 손님이라 시끄러울 수도 있는데 며칠만 참아 줄 수 있지?"
이모부가 조심스럽게 말했다.
"괜찮아요! 펜션이 너무 조용한 것보다 시끌벅적하면 좋죠."
이모는 저녁 식사를 준비했다. 메뉴가 갈비찜이라서 규완이가 콧노래를 불렀다. 샤워를 하고 거실에서 텔레비전을 보는데 모르는 번호로 전화가 걸려왔다.
"연구원인데 퐁뜰이 퐁드르랑 같은 마을이여. 퐁드르를 찾았져."
선글라스 할아버지였다.
"제주 마을 이름을 연구하는 교수님한테 연락해 보난 퐁드르는 해원읍 한목리라고 하네. 넓은 들판에 퐁낭이 많아서 옛날부터 퐁드르라고 불렀댄. 1970년대 이후 한목리로 바뀌었주.”

"정말 고맙습니다. 그런데 강생은 무슨 뜻일까요?”

"그것까지는 모르크라.”

할아버지는 궁금한 것이 있으면 언제든 연락하라고 말했다.

전화를 끊고 바로 한목리를 검색했다. 한라산 중산간에 있는 마을로 올레길 경치가 좋아 관광객들이 많이 찾았다. 할아버지가 말한 퐁뜰이 퐁드르, 즉 한목리가 맞다면 그 마을에 머물면서 할아버지의 흔적을 찾아야 할 것 같았다.

이모부는 침대 시트를 교체하느라 바빴다.

"혹시 해원읍 한목리 근처에 잘 아는 펜션 있어요?”

"펜션 운영자 모임에서 활동하는 분이 계셔. 손님을 서로 보내 주기도 하거든. 왜?”

이모부는 오랜만에 단체 손님을 받아 기분이 좋아 보였다.

"엄마가 한곳에만 있지 말고 여기저기 구경해 보랬어요. 그 마을이 올레길이 좋다고 해서 가 보고 싶어서요.”

"그래, 다양하게 여행하면 좋지. 네 나이에 올레길을 찾는 거 보니 한목리 펜션 사장님이랑도 잘 맞겠다. 그 사장님이 성격이 좋고, 책도 많이 읽어서 지식이 많아. 원하면 제주도 역사나

풍습도 잘 알려 줄 거야."
 이모부는 단체 손님이 오면 술을 마시며 시끄럽게 할 거라서 신경이 쓰였던지 바로 그 펜션에 연락했다. 그렇게 해서 나는 내일부터 한목리에서 지내기로 했다. 미성년자들만 투숙할 수 없어서 밤에 이모가 한목리 펜션에 온다는 조건이었다.
 녀석한테 소식을 전하려고 방에 들어갔다. 통화하던 규완이가 나가라고 손짓하더니 방문을 닫았다. 잠시 뒤, 규완이가 나왔는데 얼굴이 어두워서 한목리 이야기를 전할 수 없었다.
 "무슨 일 있어?"
 녀석은 대꾸하지 않고 멍한 얼굴로 핸드폰을 만지작거렸다.
 "이모가 갈비찜 했어. 먹으러 가자."
 "속이 안 좋네. 좀 달려야 할 것 같아."
 마당으로 나간 규완이가 큰길로 뛰어나가다가 구석에 쌓여 있는 눈을 밟고 미끄러졌다. 하지만 녀석은 아픈 기색도 없이 일어나 다시 달리기 시작했다.
 규완이한테 심각한 문제가 생긴 것 같았다. 무슨 일인지는 모르지만 당분간은 지켜보기로 했다. 친하다고 꼬치꼬치 캐물으면 서먹해질 수도 있다. 친할수록 거리를 두고 봐야 더 잘 보이는 것들이 있고 그 이후에 도와줘도 늦지 않을 것이다.

꼰대 할머니

차가 한목리 마을 회관 앞을 지나갔다.
"잠깐만 멈춰 주세요. 구경 좀 할게요."
이모부가 차를 공터에 세웠다. 나는 차에서 내려 마을을 둘러보았다.
회관 앞에 있는 큰 표지석에 翰木里(한목리)라고 쓰인 한자가 보였다. '넓을 翰, 나무 木', 큰 나무가 있는 넓은 들판이라는 뜻이라고 안내문에 적혀 있었다.
"저 나무가 팽나무, 제주도 사투리로 퐁낭이야!"
규완이가 마을 회관 옆에 서 있는 나무를 가리켰다.

밑동이 두 아름 정도로 어른들이 올라가도 거뜬히 버틸 만큼 튼튼해 보였고 가지도 사방으로 뻗었다. 아주 오래전부터 이곳에 뿌리를 내리고 있었을 텐데. 우리 할아버지가 이 마을에 온 적이 있다면 저 나무를 보았을까?

바닷가와 한참 떨어진 한라산 중턱에 있는 조용한 마을이었다. 추운 날이라 지나다니는 사람이 없고 가끔 개 짖는 소리만 들려왔다. 주변은 온통 감귤밭이고 뒤에는 오름이 있었다. 뒷동산 같은 나지막한 기생 화산을 제주에서는 오름이라고 한다는 게 생각났다. 사회 시간에 배운 지식이 이렇게 튀어나올 줄은 몰랐다.

다시 차에 올라 5분 정도 가니 펜션이 나왔다. 풍차 모양의 건물이 인상적이었지만 제주도와는 어울리지 않았다. 차가 주차장에 멈추었다. 짐 가방을 들고 차에서 내렸다. 찢어진 청바지를 입은 아줌마가 1층 문을 열고 나왔다.

이모부가 인사를 건넸다.

"저녁에 이모가 올 거니까, 올레길 걷다가 쉬고 있어."

이모부는 차를 타고 모슬포로 떠났다. 방어 낚시철이라 정신이 없었다.

"혼저 오라! 어떻게 해서 우리 펜션에 오겠다고 핸?"

아줌마는 긴 머리를 질끈 묶어서 댕기 동자 같았다.

"한목리 올레길이 유명해서 왔어요. 요즘 너무 살이 쪄서."
나는 웃으면서 뱃살을 만졌다.

겨울이라 운동은 안 하고 먹기만 했더니 살이 더 찌고 있다. 아줌마도 덩달아 웃으면서 점퍼로 자신의 배를 가렸다. 녀석은 말없이 짐을 들고 2층으로 올라갔다. 이틀째 묵언 수행 중이었다.

"무슨 일 있어? 왜 시무룩하냐?"
"넌 매일 기분이 좋아? 그것도 병이야. 사람은 누구나 울적해질 때도 있지. 더욱이 난 사춘기니까."

녀석은 희미하게 웃으며 짐을 풀었다.
"30분 뒤에 점심 먹게 식당으로 오라!"
아줌마가 마당에서 외쳤다. 창문이 닫혀 있는데 바로 옆에서 말하는 것처럼 목청이 컸다.

짐을 정리하고 식당에 갔다. 점심은 고기국수였다. 기름이 둥둥 떠서 고기 누린내가 날 것 같았지만 의외로 담백했고, 아삭거리는 김치와도 잘 어울렸다.

"혹시 강생이 무슨 말인 줄 아세요?"
"강생? 강아지? 글쎄 잘 모르겠네."
"이 마을에서 태어나셨어요?"

"제주시에서 살다가 5년 전에 이사 와서 펜션을 차련."
아줌마는 맨손으로 김치를 버무렸다. 문을 닫고 있어서 매운 냄새에 눈이 아렸다.
식당 가운데 아줌마와 할머니 단둘이 찍은 사진이 걸려 있었다. 컨트롤C, 컨트롤V 기능으로 합성한 듯 두 사람은 똑 닮았다.

밥을 먹고 밖으로 나왔다.
"이제 어떻게 강생을 찾을 거야?"
규완이가 어깨 스트레칭을 하며 물었다.
"그냥 부딪쳐 보는 거야."
할아버지의 유언이 무슨 뜻인지 알아내기 어려울 수도 있다. 다만 찾는 노력을 하지 않으면 후회할 것 같아서 이 펜션까지 온 것이다.
자판기에서 커피를 뽑아 마시고 마을로 향하려는데 어떤 할머니가 마당으로 들어왔다. 아줌마의 어머니였다. 할머니는 마른 몸매에 남색 개량 한복을 입었고 검은색 뿔테 안경까지 썼다. 역사를 잘 가르치고, 평생 잘못한 일은 한 적 없는 깐깐한 교장 선생님처럼 보였다.
"왜 내 얼굴을 뚫어져라 보나? 어른을 보면 인사를 해야주!"

할머니의 카랑카랑한 말투가 북한 뉴스에 나오는 아나운서 같았다. 가까이하고 싶지 않은 전형적인 꼰대 캐릭터였다.

꼰대 할머니가 인사의 중요성을 강조하며 다시 한 번 목소리를 높였다. 어쩔 수 없이 고개를 숙이며 규완이와 눈빛을 주고받았다. 꼰대 할머니 옆에는 가지 말자는 약속이랄까. 신기하게도 마을마다 이런 어르신들이 꼭 있어서 놀라웠다. 마을의 트러블 메이커들!

"이해해라. 우리 엄마가 성격이 까칠해도 마음은 따뜻해."

아줌마가 문을 열고 달려나왔다. 할머니의 마음이 태평양처럼 넓고, 부모님 품처럼 따뜻해도 가까이하고 싶지 않았다.

"무사 찢어진 청바지 입언? 그러니까 사람들이 정신을 못 차린 날라리라서 시집도 못 갔대 하지. 옷들을 다 찢어 버려야 되켜!"

할머니가 손으로 옷을 찢는 시늉을 했다.

"내가 시집을 가든 안 가든, 무슨 옷을 입든 무슨 상관이꽈? 그 시간에 귤이나 따랜 헙서!"

모전여전, 아줌마도 말싸움으로는 질 성격이 아니었다. 규완이와 나는 넋 놓고 모녀를 지켜보았다. 유튜브에 올리면 한 달 안에 구독자 50만 명을 모을 수 있을 만큼 모녀의 대화는 웃겼다. 울적할 때마다 보면 최고의 치료제가 될 것 같았다.

"이 마을 할망, 할아방들도 정신을 못 차련! 경로당에 모여서 운동하고 공부를 해야지, 돈 백 원씩 내서 화투나 치고! 젊은이들이 뭘 보고 배워! 어른들이 모범이 돼야주! 쯧쯧!"

할머니는 살아서 움직이는 교육방송처럼 입만 열면 도덕 교과서 내용을 떠들어 댔다. 훈화 말씀을 했다면 1시간은 충분히 넘길 수 있는 실력이었다.

"입바른 소리 좀 그만헙서! 그러니까 사람들이 어머니를 싫어하지."

아줌마가 할머니 팔을 붙잡고 식당으로 들어갔다. 모녀가 사라진 뒤에도 꼰대 할머니의 목소리가 환청처럼 귓가를 맴돌았다.

올레길을 걸었다. 핑크, 주황, 노란색 등산복을 입은 사람들이 뒤따라오며 수다를 떨었다. 어떤 아저씨는 이어폰을 끼지 않고 트로트를 들어서 시골 장터에 온 기분이었다. 이럴 때 꼰대 할머니가 있었다면 아저씨한테 타인을 배려하라고 한 말씀 했을 텐데.

오후가 되자 하늘에는 검은 구름이 잔뜩 껴서 금방이라도 눈이 올 것 같았다. 한참을 걷다 보니 올레길이 끝나 마을이 나왔다. 입구에는 이끼가 낀 오래된 비석들이 세워져 있고, 그 옆에 샘물이 흘렀다. 안내판을 보니, 현재는 식수로 사용할 수 없지만 예전에는 물이 깨끗해 다른 마을 사람들도 물을 뜨러 왔다고 적혀 있었다.

"이 마을에서 강생을 찾을 수 있을까?"

"추리 소설을 보면 우연하게 단서를 찾을 때가 있더라. 과연 할아버지가 말한 것들은 뭐고 결론은 어찌 될까?"

규완이가 자신이 읽었던 추리 소설의 내용을 전해 주었다.

"큰 사건이 있을 거라고 기대하지 마."

"사소한 단서를 추적하다 보면 그 뒤에 엄청난 일들이 숨어 있을 때가 많아."

녀석의 눈에는 힘이 없었다. 꼰대 할머니한테 특별 훈련을 받으면 힘이 넘치려나.

사거리를 지나자 넓은 들판이 나왔다. 초등학교가 있었다는 안내판이 보였다. 학교는 왜 없어졌을까? 풀밭이 된 운동장을 보고 있는데, 하늘에서 진눈깨비가 내리기 시작하더니 빗방울도 떨어졌다.

우리는 걸음을 재촉해 마을 회관 앞, 공중전화 부스에서 비를 피했다.

"이 아이들은 누구라?"

지팡이를 짚은 어르신들이 다가왔다.

"펜션에서 지내고 있어요."

"저 펜션 생기난 모르는 사람이 너무 많이 왐서. 마을이 너무 시끄러와."

어르신들이 혀를 차며 경로당 안으로 들어갔다.

"추운 데 있다가 감기 걸린다! 경로당에 들어왕 멘도롱한 율무차라도 마시라!"

한 할머니가 손짓했다. 멘도롱은 따스하다는 뜻이라고 규완이가 말했다.

"할 일도 없는데 경로당에 가 보자. 어르신들한테서 뭔가 단서를 찾을 수도 있잖아?"

나는 어릴 때부터 할아버지와 지내서 경로당 분위기에 익숙했다.

"싫어."

규완이가 얼굴을 찡그렸다.

"펜션에서 우울하게 있는 것보다는 몸을 움직이면 기분도 좋아질 거야."

녀석의 팔을 붙잡고 경로당으로 들어갔다. 어르신들은 안마 의자에서 쉬거나 텔레비전을 보았다. 다른 방에서는 노래 교실이 열리는지 '내 나이가 어때서~' 하는 노래가 흘러나왔다. 우리 할아버지도 자주 부르던 노래였다.

"아이고, 잘 왔져! 쌀 포대 좀 옮겨 주라."

머리가 하얀 할머니가 기다렸다는 듯이 손짓했고 다른 어르신들도 '혼저' 오라고 반겼다. 처음 보는 사람들한테 환영 받아 보기는 처음이었다.

규완이는 툴툴거리면서 쌀 포대를 날랐고 나는 청소를 거들었다. 의자에 올라가 빗자루로 거미줄을 걷어 내고 창문도 닦아야 했다. 창틀에 뿌연 먼지가 많아 기침이 나왔다.

"키가 크고 힘이 좋으니까 일을 잘햄신게!"

어르신들이 너무 칭찬을 해서 얼굴을 들 수가 없었다. 일을 끝내고 율무차를 마시며 연세를 여쭤보니 80대가 가장 많았고, 100세 넘으신 할머니도 계셨다. 75세 할머니가 가장 젊어서 쟁반을 들고 홍길동처럼 뛰어다녔다. 74세 이하는 과수원에서 귤을 따느라 경로당에 올 겨를이 없다고 했다.

"할아버지는 별로 안 계시네요."

"하르방들은 술을 좋아해서 일찍 다 갔주!"

총무 할머니가 손가락으로 창밖 어딘가를 가리켰다. 하늘을 뜻하는 듯했다.

"혹시 이 마을 이름이 퐁드르가 맞아요?"

"해방 즈음까지 퐁드르라고 부르다가 이젠 한목리라고 불러."

"정말요? 그러면 강생이라고 아세요?"

"뭐? 강생이? 강아지?"

보청기를 낀 할머니가 재차 물어 큰 소리로 강생이라고 외쳤다. 다들 모른다고 고개를 내저었다. 규완이 말처럼 중문해수욕장에 떨어진 동전을 찾는 게 더 쉬울 수도 있었다. 내 목소리가 컸는지 구석에 계신 할아버지까지 나를 보고 있었다.

차를 마시고 밖으로 나왔다.

"학생들, 어떻게 이 마을에 와서?"

경로당 구석에 앉아 신문을 보던 할아버지가 다가왔다. 염색해서 머리는 짙은 검은색이고 옷도 정장 차림이었다. 언뜻 봐도 시골 할아버지와 분위기가 달랐다.

"저 펜션에 머물고 있어요."

"학생 이름이 뭐라?"

"왜요?"

"어른이 물으면 답을 해야지."

이 할아버지도 꼰대 캐릭터였다. 펜션 할머니와 만나면 꼰대력 싸움에서 막상막하라 승패를 가리기 어려울 듯했다.

"나마준인데요."

"흔하지 않은 나 씨구나. 이 마을은 퐁드르가 아니라. 옛날에는 그렇게 불렀다는 말이 있지만 틀린 말이지. 만약 퐁드르를 찾아온 거면 다시 알아봐야 할 거라."

할아버지의 말을 듣는 순간, 다리 힘이 쭉 빠졌다. 어쩐지 일이 너무 쉽게 풀린다고 생각했다.

"근데 어떻게 해서 퐁드르, 강생을 찾지?"

처음 보는 할아버지에게 자세한 이야기는 할 수 없었다.

"어느 책을 읽었는데 이 마을이 배경인 것 같아서요."

"어떤 책인데?"

할아버지의 오지랖은 한라산을 뒤덮을 만큼 넓었다. 이러다가 학교 성적, 부모님 직업, 가게 매출까지 물을 것 같아 대충 얼버무리고 큰길로 나왔다. 마침 지나가던 자동차가 경적을 울려 뒤돌아보니 펜션 아줌마였다.

차에 올라 처음 본 할아버지가 오지랖이 넓다고 흉을 보았다. 아줌마는 황 씨 할아버지가 노인 회장인데 마을에서 유일하게 외제 차를 탔고, 시내에 건물도 있다고 말해 주었다. 뒤를 돌아보니 할아버지가 우리를 계속 지켜보고 있어서 얼른 고개를 돌렸다. 연세가 곧 100살인데도 허리가 꼿꼿하고 기운이 넘쳐서 오래오래 사실 것 같았다.

방에서 잠깐 자고 일어나 규완이와 식당에 내려갔다. 아줌마는 떡볶이를 만들면서 통화 중이었는데 자꾸 우리를 힐끗거렸다. 그러더니 앞으로 잘 챙기겠다고 말하면서 전화를 끊었다.

"마을 어르신들이 학생들이 이 집 저 집 기웃거려서 불편하댄. 조심해야크라."

"네? 우리를 도둑으로 보는 거예요? 경로당에서 열심히 일도 도왔어요."

규완이가 나를 노려보았다. 나를 원망하는 눈빛이었다.

"어르신들이 대부분 문을 잠그지 않고 사시는데, 처음 보는 청년들이 돌아다니니까 불안헌 모양이라. 펜션에 온 손님들이 마을 구경을 다녔어도 이런 연락을 받은 적이 없는데……."

아줌마가 말꼬리를 흐렸다.

도와줘도 도둑으로 모는, 고마움을 전혀 모르는 사람들이었다. 우리가 찾던 퐁뜰도 아니라고 하니 당장 떠나고 싶었지만 규완이네 펜션에 손님이 많아 며칠 더 이곳에 머물러야 했다.

"아이들을 도둑이라고 하맨? 사람을 함부로 의심하믄 되나? 회장 할아방이지? 그 할아방도 나이가 들수록 밉상이라!"

꼰대 할머니가 식당 옆 방문을 열고 나왔다. 그곳이 할머니가 머무는 방이었나 보다.

"경로당 청소까지 하면서 고생했는데, 회장 할아버지가 저희를 이상하게 봤나 봐요."

"회장 할아방이 잘난 척도 잘하고 성격이 좀 이상해. 다음에 그 기를 확 꺾어야주!"

할머니는 때를 기다리는 맹수처럼 눈빛이 매서웠다.

입맛이 없어서 포크를 내려놓고 물을 마시는데, 규완이가 핸드폰을 확인하더니 또 마당으로 나가서 달밤에 체조를 했다.

"나 잠깐 뛰고 올게."

녀석이 손을 흔들며 올레길 쪽으로 뛰어갔다. 방에서 울적하게 있는 것보다 운동을 하는 게 더 좋아 보여 말리지 않았다.

"밤에 운동하면 제정신 아니라고 할 수 있으니까 조심해!"

소리를 질렀지만 규완이는 멀리 사라진 뒤였다.

"나도 건강에 더 신경 써야켜! 오래 살아야 평생의 원을 풀지. 앞으로는 채식 위주로 밥허라."

할머니가 벌떡 일어나서 스트레칭을 했다. 연세가 70이 훌쩍 넘었지만 60대 중반으로 보일 만큼 건강 관리에 신경을 쓰는 듯했다.

"어머니는 100살 넘게 살 거니까 걱정 마썸! 그리고 이제는 마음을 넓게 하고 삽서! 성격이 까칠해서 경따를 당햄쑤게!"

아줌마도 할머니를 닮아서 거침없이 쏘아붙였다.

"경따가 뭐예요?"

"경로당 따돌림! 어르신들한테 입바른 소리만 하니까 아무도 안 놀려고 하지."

안타까운 상황인데 웃음이 터져 나왔다. 할머니가 나를 흘겨보았다.

"어린아이 앞에서 말은 정확히 해야지. 내가 따돌림당하는 게 아니라 수준이 맞지 않아서 안 어울리는 거여. 그리고 내 나이가 호적보다 3살이나 많은데 아무도 인정을 안 해 주니까 화가 남서! 나보다 한참 어린것들이 까불어!"

할머니가 벽에 걸린 거울을 보면서 안경을 고쳐 썼다.

"젊어 보여서 그런 거 아닐까요? 그런데 어떻게 나이를 3살이나 적게 올릴 수 있어요?"

"옛날에는 출생 신고를 늦게 한 사람이 많아! 요즘 젊은것들은 모르는, 말 못 할 사연들이 산더미여."

사연 많은 할머니가 떡볶이를 맛보더니 맵고 짜서 고혈압, 위염에 걸린다며 잔소리를 했다.

요망진 녀석들

아침 식사를 마치고 과자를 사러 마을 회관 옆 슈퍼에 가고 있었다. 어젯밤 늦게 온 이모는 손님들 식사 준비를 한다며 새벽에 떠났고 규완이는 아직 일어나지 않았다.

햇살이 눈부시고 바람도 불지 않았다. 봄날처럼 포근해 패딩 점퍼가 거추장스러웠다. 슈퍼 옆 의자에 앉아 볕을 쬐고 있는 할머니들께 인사했다. 하지만 다들 헛기침하시며 고개를 돌렸다. 어제 경로당에서 만났는데도 기억을 못 하는 것 같았다. 슈퍼에 들어갔더니 총무 할머니가 고무장갑을 사고 있었다.

총무 할머니가 주변을 둘러보며 귓속말을 했다.

"어젯밤에 회장 할아방네 집에 도둑이 들었댄."

"도둑이요?"

"잠에서 깬 할아방이 소리치면서 거실로 나가니까 도둑이 작은 컴퓨타 그 뭐랜 허더라, 노트북인가 그걸 바닥에 떨어뜨리고 도망쳤댄."

없어진 물건도 없고 할아버지도 다치지 않았던 모양이다. 다행이었다.

"경찰에 신고는 하셨대요?"

"도둑맞은 건 없으니까 신고는 안 했주. 근데 그 시간에……."

할머니가 머뭇거리다가 입을 뗐다.

"그 시간에 마을을 뛰어다닌 젊은 남자가 있는데, 그게 학생 친구 아니?"

"규완이요? 지금 제 친구를 의심하는 거예요?"

할머니들이 왜 나를 이상한 눈초리로 바라보았는지 알 것 같았다. 집었던 과자를 놓고 슈퍼 밖으로 나왔다. 할머니들은 자리를 뜬 뒤였다.

정말 녀석이 도둑질을 했을까? 하지 않았을 것이다. 일하고 번 돈으로 노트북을 구입했으니까. 그런데 녀석이 누군가와 통화하는 모습이 떠올랐다. 어떤 놈들이 돈을 요구해 도둑질을 했을까? 내가 아는 규완이는 못된 짓을 할 녀석이 아니다. 도

리어 정의로운 친구다. 내가 아이들한테 맞고 있었을 때 규완이가 도와줘서 절친이 되었으니까. 하지만 어떤 상황이 사람을 변하게 한다는 것을 이제 나도 조금은 안다. 심각한 문제가 있는 것 같은데 그것이 무엇일까? 생각이 꼬리를 물고 이어졌다. 규완이가 먼저 이야기할 때까지 기다리면 안 되겠다는 결론이 났다.

녀석한테 전화해 어젯밤에 마을에서 무엇을 했는지 물었다. 규완이는 달리기만 했다며 왜 그러냐고 물었다. 뜸을 들이다가 네가 도둑으로 의심받는다고 했더니 녀석이 말도 안 된다며 소리를 지르다가 전화를 끊었다.

회장 할아버지네 집은 마을 회관 맞은편에 있는 2층집이었다. 옥상에 서면 마을을 훤히 내려다볼 수 있을 것 같았다. 그 집을 계속 보고 있는데 회장 할아버지가 대문을 열고 큰길가로 나왔다.

"어젯밤에 도둑이 들었다고 하던데, 도둑이 제 친구라는 증거가 있어요?"

"이 아이 보라! 어른한테 눈을 똑바로 뜨고 소리를 질러? 경찰서에 가서 조사를 받아야 정신을 차리지!"

할아버지가 삿대질하면서 목소리를 높였고, 사람들이 몰려들었다.

"친구가 도둑으로 의심받는데, 눈을 똑바로 떠야지 눈을 감아야겠어요? 정확히 몇 시쯤에 일어난 일이에요?"

할아버지한테 따지듯이 묻고 있는데, 멀리서 누군가 뛰어오고 있었다. 규완이였다.

"제가 도둑질을 했다고요? 증거가 있어요?"

규완이의 눈빛을 보니 범인이 아니라는 확신이 들었다. 녀석은 어젯밤 마을에 가지도 않았고 올레길을 달리다 돌아왔다고 씩씩거렸다. 하지만 사람들은 믿지 않는 눈치였다. 이런 상황이 벌어지자 하늘에 계신 할아버지가 원망스러웠다. 할아버지 때문에 이 마을까지 왔는데, 도둑으로 의심만 받다니. 얼른 마을을 떠나야겠다는 생각뿐이었다. 그때 검은색 자동차가 우리 앞에 멈추었다.

"무슨 일 있수과?"

펜션 아줌마와 꼰대 할머니였다. 아줌마한테 도둑으로 의심받는다고 차근차근 말하려고 했지만 자꾸 말이 빨라졌다.

"삼춘들, 경찰에 신고해서 범인을 잡게마씸! 마을에 설치된 모든 시시티브이를 확인하면 될 거우다."

차에서 내린 아줌마가 112에 신고하려고 했다. 그러자 영감탱이가 핸드폰을 빼앗아 통화 종료를 눌렀다.

"경찰에 신고하면 시끄럽기만 하지. 없어진 물건도 없으니까 그냥 넘어가!"

"할망, 하르방들이 사는데 또 도둑이 들면 위험허여! 당장 경찰에 연락허쿠다."

할머니가 112에 전화해 절도 미수 사건이 발생했다고 신고했다. 경찰서에서는 당장 오겠다고 했단다.

"어젯밤에 제 차가 펜션 앞에 있었으니까 규완이가 마을로 들어갔는지 확인해 보쿠다."

아줌마는 자동차의 블랙박스를 살펴보았다. 영상을 보니 규완이는 마을이 아닌 산 쪽으로 뛰어갔고, 펜션으로 돌아올 때도 그 방향이었다. 정확히 11시 43분이었다.

"이것 보세요. 저는 마을에 들어가지도 않았어요."

녀석이 눈을 부릅뜨며 억울해하는데 순찰차가 마을 회관 앞에 멈추었다.

"회장님, 어제 몇 시에 도둑이 들었수가?"

나이가 지긋한 경찰이 수첩을 꺼냈다.

"없어진 물건도 없고 다치지도 않았으니까 그냥 넘어가게. 다음에 또 도둑이 들면 정식으로 신고하지."

"어르신들 다치기라도 하면 큰일 납니다."

경찰 아저씨가 무전기로 경찰서에 연락해 어젯밤 11시에서 12시 사이, 마을 회관 근처에 설치된 카메라 영상을 확인해 달라고 부탁했다. 무전기에서 잡음이 많이 들려왔다.
"걱정하지 마. 어르신이 오해하고 있는 거야."
아줌마가 규완이의 손을 붙잡았다.
"도둑으로 몰리니 억울해서 못 살겠어요."
"원래 죄 없이 당한 사람의 마음이 경헌다! 그래서 진실을 꼭 밝혀야 하는 거라."
꼰대 할머니의 옳은 말씀에 귀를 기울이게 되었다. 10분 정도 지났을까. 경찰 아저씨가 다시 무전을 주고받았다.
"어젯밤 그 시간에 회관 근처를 지나다닌 사람이 없댄마씸. 또 펜션 근처에 설치된 카메라도 확인했는데 그 학생은 마을로 들어오지 않았수다."
경찰은 급한 출동 연락을 받고 순찰차를 타고 떠났다.
"아이고, 내가 헛것을 봐신가! 나이를 먹으니 정신이 흐려 큰일이네."
할아버지가 먼 산을 바라보았다.
"삼춘, 치매 검사 한번 받아 봅써."
꼰대 할머니가 할아버지를 다독거렸다.
"뭐 치매? 나 아직 멀쩡허여! 남의 일에 끼어들지 말고 자기 성격이나 고쳐!"
할아버지가 할머니한테 삿대질을 했다.

"나한테 화풀이 햄수가? 남한테 잘못한 거 없이 잘 살암수다! 본인이나 잘헙서! 예전에 이상한 소문도 있던데."

"이상한 소문? 그게 뭔데? 말해 보라! 헛소문 내고 다니면 이번에 고소해 불켜!"

할아버지가 눈을 부라렸다.

"같은 마을에 살면서 매일 봐야 하는데, 이제 그만 헙서게."

아줌마가 웃으면서 할아버지한테 말했다.

"넌 끼어들지 마라! 모녀가 똑 닮아서. 너는 나이도 먹을 만큼 먹었는데 찢어진 청바지를 입으면 되나? 그러니 결혼을 못 했지."

할아버지가 힐끗거리며 혀를 찼다. 그 잔소리, 아니 폭언을 잠자코 듣고 있던 아줌마의 얼굴이 붉게 달아올랐다. 참고 있다는 증거였다.

"우리 딸이 찢어진 청바지를 입든 반바지를 입든 자유마씸! 그리고 결혼을 하든 말든 무사 잔소리를 햄수가? 요즘 같은 자유, 개성 시대에도 눈치를 보면서 살아야 헙니까? 이렇게 많은 사람 앞에서 무시하는 말을 하면 명예 훼손으로 고발당해 마씸!"

두 분은 한목리의 톰과 제리, 영원한 앙숙이었다.

"어휴, 만나기만 하면 싸워! 한 사람이 이사를 가야 끝나는

51

싸움이라!"

다른 할머니들은 두 분을 잘 아는 듯 무관심했다. 할아버지가 집으로 돌아가 일단 싸움은 끝이 났지만 머지않아 할머니와의 2차 대전이 벌어질 듯했다.

"저 할아방이 다짜고짜 호통쳐도 기죽지 않고, 학생들이 요망지네!"

총무 할머니가 내 머리를 쓰다듬었다. 무슨 뜻인지 몰라 고개를 갸웃거렸더니, 아줌마가 야무지다는 말이라고 했다.

"이따가 점심 먹으러 경로당에 오라!"

할머니들이 배추를 들고 회관으로 들어갔다.

"할머니, 아줌마 정말 고마워요. 아까는 너무 분했어요."

규완이가 목에 핏대를 세우며 몸을 떨었다.

"억울한 사람을 도와야주. 근데 저 할아방하고 싸우난 시내에 나갈 기분이 아니여."

할머니는 회장 할아버지네 집을 노려보다가 걸어서 펜션으로 가 버렸다.

"그러면 할 일이 없어졌네. 날씨도 좋은데 우리 같이 산책이나 허게."

아줌마는 차를 회관 앞에 세워 두고 먼저 앞장섰다.

"근데 할머니는 왜 경따를 당하세요?"

"성격이 세잖아! 우리 어머니가 태어날 때부터 삶이 어려워서 사람들한테 무시당하지 않젠 말을 좀 독하게 해! 근데 이상하게 회장 할아버지를 특히 싫어하더라."

아줌마가 쓸쓸한 미소를 지었다. 두 분 모두 꼰대력 최강인 게 문제라는 말은 차마 할 수 없었다.

"고등학생들이 올레길을 걸으려고 온 것은 아닌 것 같고, 바다 근처에도 펜션은 많은데 무슨 일로 이 마을에 온 거?"

아줌마의 물음에 잠깐 고민하다가 할아버지의 유언을 전했다. 아줌마는 제주도에 대해 많이 안다고 했으니까.

"퐁드르, 강생이라! 나도 알아볼껴. 그런데 마준이와 규완이는 멀리 떨어져서 사는데 어떻게 친해진 거?"

"초등학교를 같이 다녔는데 규완이가 저를 많이 도와줬어요."

생각하기 싫던 초등학생 때가 떠올랐다.

나는 키도 작고, 공부도 못하고, 야무지지 못했다. 친한 친구도 없이 늘 혼자라 아이들한테 괴롭힘을 자주 당했다. 그날도 한 놈이 돈을 빌려 달라고 했는데 싫다고 해서 맞았고 코피까지 났다. 하지만 반 아이들은 말리지 않고 키득거리며 핸드폰으로 내 모습을 찍었다. 다행히도 옆 반이었던 규완이가 지나가다가 나를 도와줬다. 그 뒤, 6학년 때 같은 반이 되면서 친해졌다. 나는 운동을 잘하는 규완이한테 축구, 농구를 배우면서 자신감이 생겼고 친구들도 사귈 수 있었다. 녀석이 없었다면 지금쯤 학교 폭력의 피해자가 되어서 심리 상담을 받고 있을지도 모르겠다. 생각만 해도 등줄기로 식은땀이 흘렀다.

"규완이는 왜 밤마다 운동을 허맨? 지치지 않고 잘 뛰더라."

아줌마는 호기심 많은 어린아이처럼 끝없이 질문을 해댔다. 녀석이 답하지 않아서 내가 대신 말했다.

"육상을 하다가 발목을 다쳐서 그만두었는데, 운동하는 버릇이 남아 있어요."

"쓸데없는 말을 왜 하냐? 다 지난 이야기인데."

녀석이 나를 흘겨보았다.

"규완이 기분이 아직도 안 풀렸구나. 우리 음악이나 들을까?"

아줌마가 핸드폰으로 댄스 음악을 틀며 분위기를 바꿨다.

조금 더 걸었더니 비석거리가 나왔다. 짙은 녹색 이끼가 잔뜩 낀 비석 옆에 햇살이 내려앉아 쉬기 좋았다. 우리는 그 앞에 둘러앉았다. 아줌마가 가방에서 과일과 건강 음료를 꺼냈다. 가방에는 법 관련 책도 들어 있었다.

"법 공부하세요?"

"우리 어머니가 작년부터 법을 공부허맨!"

"할머니가 공부를 좋아하시나 봐요."

"언젠가 다 필요할 테니…… 근데 그놈의 법이 참, 어휴!"

아줌마가 한숨을 쉬면서 귤을 먹다가 비석을 바라보았다.

"첫 번째 비석은 기미년에 세웠네. 선정을 베푼 관리를 칭송하는 비석인 것 같아."

비석에 낀 이끼를 손으로 닦으며 아줌마가 비석에 새겨진 글자를 읽었다.

"마준아, 이 마을이 퐁드르가 맞아!"

아줌마가 비석 끝에 새겨진 글자를 가리켰다. 규완이가 핸드폰으로 비석 사진을 찍고 크게 확대했더니 '퐁드르'라고 선명하게 적혀 있었다. 나는 환호성을 질렀다. 그런데 영감탱이는 왜 퐁드르가 아니라고 했을까? 기억력이 안 좋나. 우리 할아버지도 치매를 걱정하면서 기억을 잃기 전에 글을 썼는데, 그것이 소설이었다.

이 마을이 할아버지가 말한 퐁뜰이 맞을까? 맞다면 이 마을과 할아버지는 어떤 연관이 있을까? 할아버지가 제주도 이야기를 한 적이 없어서 더 미궁에 빠지는 느낌이었다. 다시 비석들을 찬찬히 살펴보는데 할아버지가 쓴 단편 소설 「증오」가 떠올랐다.

"할아버지가 소설에서 묘사한 마을 풍경이랑 비슷해요."

"할아버지가 소설도 쓰션? 작가로 등단하션? 나도 소설 습작하는데 어떤 내용인지 궁금하네."

"취미로 쓰셨는데, 그 소설을 보면 마을 어귀에 비석이 많이 있고 그 옆으로 국민학교와 샘물터가 있었어요."

"거의 모든 시골이 그런 분위기야. 샘물 나오고, 비석 세워져 있고, 학교 있고! 그 소설 속 사람들이 제주도 사투리를 쓰맨?"

단편 소설 「증오」 속 인물들은 모두 서울말을 썼다.

4월의 이야기

 서둘러 걸었지만 점심시간이 조금 지나 경로당에 도착했다. 총무 할머니가 돔베고기를 준비했다며 분주하게 움직였다. 돔베고기는 맛이 이상한 고기인 줄 알았는데, 규완이가 제주도에서는 도마를 돔베라고 한다고 했다. 갓 삶은 돼지고기를 도마, 즉 돔베에서 썰어 바로 먹어서 돔베고기라고 하나 보다. 김이 피어오르는 두툼한 돔베고기를 김치에 싸서 먹었다. 보쌈보다 더 담백했다.
 나와 규완이도 아줌마를 도와 상을 차렸다.
 "아침에는 미안했어! 도둑 들었다고 하니까 다들 겁이 나서."

어떤 할머니가 내 손을 붙잡았다. 우리 할아버지 손처럼 갈라지고 거칠었다.

"솔직히 제주도 사람들이 육지에서 온 사람들을 좀 멀리하는 게 있주."

육지라는 단어가 어색하고 낯설었다. 과학 시간에 바다와 육지를 배울 때를 제외하고 처음 들었다.

"4.3 때 육지에서 온 군인과 경찰들이 제주도 사람을 많이 죽였주. 그 상처가 아직도 남아 있는 거라!"

다른 할머니가 거들었다. 역사적으로, 아주 옛날부터 다른 지역에서 온 사람들이 제주도 사람들을 괴롭힌 일이 많았다고 한다. 식사를 하면서 어르신들이 4.3 이야기를 했다. 신문에서 관련 기사를 읽은 적이 있지만 어떤 일인지 정확히는 몰랐다.

"4.3을 직접 겪으셨어요?"

"내가 17살에 그 일이 터졌주. 제주도 사람 10명 중에 1명이 죽어시난 3만 명쯤 될 거라. 그래서 지금 제주도에는 4.3 유족이 많아. 30년 전만 해도 그 이야기를 꺼내지도 못했. 잡혀갈까 봐서. 우리 동네에도 그때 부모 잃은 사람이 많주."

어떤 할머니가 몸서리를 쳤다. 수저를 내려놓고 제주 4.3을 검색해 보았다.

제주도는 해방 직후부터 쌀값이 폭등하고 일자리가 없어서 경제적으로 어려웠다. 그러던 중 1947년 3.1운동 기념식을 마치고 행진하는 사람 6명을 경찰이 총 쏘아 죽였는데 사과도 없고 아무도 책임을 지지 않았다. 그런 모습에 분노한 공무원, 경찰, 시장 상인들이 총파업을 했다. 그러자 미군정에서는 응원경찰과 서북청년단을 제주도로 보내 억압했고, 사회 분위기는 점점 더 악화되었다.

그런 상황에서 남한 단독 정부 수립을 위해 1948년 5월 10일, 우리나라 최초의 선거가 열릴 예정이었다. 남한만 단독 선거를 하면 남북이 분단된다고 생각한 남로당 제주도당은 선거를 반대하며 4월 3일 제주도 내 경찰 지서를 습격했다. 4.3의 시작이었다. 그들은 500명 이하였고 한라산으로 들어가 무장대 활동을 했다. 그렇게 해서 제주도 2개 선거구는 투표수 미달로 무효 처리되었다. 다른 지역에서는 선거를 해서 국회의원을 뽑아 국회를 열고, 헌법을 공포해 대한민국 정부가 탄생했다.

그 후 정부는 제주 4.3을 평화적으로 해결하지 않고 강경 진압했다. 군인과 경찰들은 토벌대를 꾸려 한라산에 숨은 무장대를 잡으려고 했고, 그 과정에서 무장대와 상관없는 무고한 제주도 사람 수만 명이 목숨을 잃었던 것이다.

"제주공항 자리에 옛날에는 정드르 비행장이 있었주. 그 당시 근처에 살아신디, 어느 날 트럭에 사람들을 싣고 가는데 다들 천으로 눈을 가련. 알고 보난 그날 800명을 공항 근처에서 죽인 거라."

머리가 하얀 할머니가 눈시울을 적셨다.

"서귀포 정방폭포에서도 수백 명을 총살하고 시신을 바다에 던져부런. 폭포 구경하러 온 관광객은 그곳에서 무슨 일이 있었는지 모를 거라. 사람들 죽인 곳마다 비석을 세워야 돼!"

할머니들은 영화나 소설에서도 보기 어려운 무서운 이야기를 꺼냈다.

"그 시절 이야기를 하면 끝이 없주. 지금도 시신을 못 찾아서 끌려간 날 식게하는 집도 많아. 우리 마을 학교에 군인들이 들어와서 학교도 문을 닫았주."

규완이에게 조용히 식게의 뜻을 물으니 제사라고 했다. 농협 모자를 쓴 할아버지가 소주잔에 술을 가득 따랐다.

"학교를 군부대로 쓴 거예요?"

규완이도 관심을 보였다.

"사람을 잡아다가 학교에서 많이 죽여서 지금도 그 앞을 지나다닐 때 무서와."

어르신들의 이야기에 한참 빠져 있는데 회장 할아버지가 문을 열고 들어왔다. 규완이와 나는 눈치를 보다가 고개를 숙였다. 영감탱이는 인사도 받지 않고 소파에 앉았다. 다시 어르신들이 4.3 이야기를 이어 나갔다.

"국회에서 4.3 피해자 보상을 하는 법이 곧 통과될 거랜. 국가의 잘못이니까 늦었지만 이제라도 보상을 해야주."

"당연하주! 나라가 국민을 지켜야 허는디 아무 잘못도 없는 사람들을 죽이는 게 말이 되어?"

어르신들이 한숨을 내쉬었다. 아줌마한테 무슨 법인지 여쭤보았더니, 국가에서 4.3 당시 희생자나 행방불명자한테 보상하는 내용이라고 했다.

"국가가 보상을 해? 나라에 돈이 그렇게 많아? 4.3 이야기를 하고 또 하고! 지겹지도 안 해? 그때 무장대도 사람을 꽤 많이 죽여서!"

회장 할아버지가 횡설수설했다. 꼰대 할머니가 있었다면 싸움 2라운드가 벌어졌을 것이다.

"회장님, 무장대도 사람을 죽였지만 토벌대가 훨씬 더 많이 죽였댄 마씸!"

총무 할머니가 말했다.

"육지에서 온 저 두 아이, 왜 경로당에 와서 밥을 먹나! 얼른 나가!"

영감탱이가 나를 보며 버럭 고함을 질러 댔다.
"참으려고 해도 이젠 못 참으쿠다! 회장님이 무슨 권리로 나가라고 햄쑤가? 어른이면 좀 너그러운 마음으로 삽서!"
아줌마가 수저를 밥상에 세게 놓으며 먼저 일어났다.

밥을 다 먹지도 못하고 쫓겨나듯이 경로당을 나왔다. 영감탱이 때문에 이 마을을 떠나고 싶었다. 하지만 유언의 의미를 알아내기 전까지는 참아야 했다.
"속이 더부룩해, 좀 걸어야 소화될 것 같아."
규완이는 산책을 한다며 올레길로 향했다.
"나도 같이 갈게."
"아니야. 혼자 가고 싶어."
"너 요즘 무슨 일 있지?"
"묻지 마. 조금만 기다려 줘."
"응……. 영감탱이한테 책잡히지 않게 일찍 들어와."
녀석이 손을 흔들며 올레길로 뛰어갔다.
올레길 입구에 있는 학교 운동장을 보니 할아버지의 소설이 떠올랐다. 군인들이 학교를 차지해 버려서 학교 문을 닫는 이야기가 나온다. 소설을 더 읽고 싶어서 아빠한테 원고를 택배로 보내 달라고 하려다 마음을 접었다. 쓸데없는 짓 하지 말고 당장 올라와서 식당 일이나 거들라고 할 테니까. 결국 이종사촌한테 연락해서 할아버지의 원고를 스캔해서 메일로 보내 달라고 했다. 물론 공짜는 아니었다. 최고급 무선 이어폰을 준다고 했더니 녀석은 당장 집으로 가서 보내겠다고 했다.

 2시간 정도 자고 있어 났다. 어느새 밖이 어둑해졌고 바람 소리도 세서 창문이 흔들렸다. 규완이도 옆에 누워서 코를 골고 있었다. 며칠 동안 불면증에 시달리고 밤마다 운동해 피곤했을 거다. 녀석한테 이불을 덮어 주는데, 핸드폰 진동이 울려서 보니 A 선수였다. 모처럼 잠든 규완이가 깰 것 같아 통화 버튼을 누르며 밖으로 나갔다.
 "김규완, 왜 답문을 안 해! 너 절대로 말하지 마. 알았어?"
 "저…… 규완이 친구인데요."
 "뭐 친구? 왜 남의 전화를 받아!"
 A 선수가 차갑게 말하며 전화를 끊었다. 방송 인터뷰할 때 다정다감했던 말투와 너무 달랐다. 다시 방으로 들어갔다. 언제 깼는지 규완이가 핸드폰을 찾고 있었다. A 선수의 연락을 대신 받았다고 했더니 버럭 소리를 질렀다.
 "왜 네가 전화를 받아!"
 규완이는 화를 내며 펜션 밖으로 나갔다. 그 모습을 보는데 가슴이 불쾌하게 두근거렸다. 규완이한테 여러 번 전화했지만 받지 않았다. 이모에게 규완이가 이상하다고 말해야 할까? 녀석이 말할 때까지 기다리다간 문제가 더 심각해지지 않을까? 펜션 주변에서 규완이를 찾다가 이모에게 연락하려고 할 때 문자가 왔다.

화내서 미안해.
산책 좀 하고 들어갈게. 생각을 좀 정리하고……

행간에서 녀석의 고민이 전해지는 듯했다. 펜션으로 들어와 노트북을 켜고 메일을 확인했다. 동생이 보낸 소설 파일이 있었다. 「증오」를 꼼꼼히 읽으며 비석 숫자를 확인했다. 모두 7개였다. 첫 번째는 선정비, 두 번째는 마을 역사를 쓴 비석이었다. 3번째 비석에는 학교 건립 후원금 내역을 적어 놓았다. 점퍼를 챙겨 밖으로 나왔다. 비석거리로 가 비석을 살펴봐야 했다. 규완이는 식당에서 늦은 저녁을 먹고 있었다.

눈발이 조금씩 날리고 바람도 거셌다. 마음이 급해 빨리 달리다가 하마터면 미끄러질 뻔했다. 과수원 쪽으로 갔더니 가로등도 없고, 지나가는 자동차도 없어서 핸드폰으로 불빛을 비추었다.

마을 입구, 비석거리에 도착해 비석을 확인하니 정확히 7개였다. 마음을 가라앉히고 소설에 나오는 비석 순서를 떠올리며 내용을 살펴보았다. 똑같았다! 다리가 후들거려 주저앉았다. 퐁드르는 할아버지가 쓴 소설 속 마을과 거의 비슷했다.

깊은숨을 들이마시면서 마을을 둘러보았다. 이 마을 어딘가에 할아버지의 흔적이 남아 있는 듯했다. 이제 강생이만 알아내면 된다. 강생도 퐁뜰처럼 지역 이름일까? 아니면 사람 이름일까? 바람 소리가 커졌고 손이 시렸다. 짙은 어둠도 나를 감싸고 있었다.

그때 누군가 다가오는 소리에 뒤돌아보았다. 너무 어두워 얼굴이 잘 보이지 않았다.

"이 밤에 여기서 뭐 해?"

영감탱이였다.

"답답해서 산책하고 있었어요."

"뭘 보고 있는 거야?"

"낮에 이곳에 왔다가 뭘 잃어버렸어요."

"뭘 잃어버려?"

"할아버지한테 제가 다 말씀드려야 해요?"

"얼른 돌아가! 그런데 보호자도 없이 펜션에 있어도 되나?"

"이모, 아니 친구네 엄마가 곧 올 거예요. 그런데 할아버지는 왜 밤에 돌아다니세요? 다치시면 어쩌려고?"

"내 걱정하지 말고 얼른 돌아가라!"

회장 할아버지의 카랑카랑한 목소리가 사방으로 퍼져 나갔다. 깊은 밤에 혼자서 이곳까지 걸어올 정도로 눈도 좋고, 다리도 튼튼한 100세의 노인은 처음 보았다. 우리 할아버지도 영감탱이만큼 건강했다면 지금쯤 직접 이 마을을 찾아왔을 텐데.

"이 마을 이름은 퐁드르가 맞는데 왜 아니라고 하셨어요?"

"나한테 그런 거 물어본 적이 있어?"

영감탱이의 표정을 보니 정말 치매인지 기억을 못 하는 듯했다.

극한 직업 체험

핸드폰 알람이 울려서 멈춤 버튼을 누르고 이불을 뒤집어썼다. 잠깐 세상이 조용해지는가 싶더니 '혼저 일어나라!'는 아줌마의 고함이 들렸다.

어젯밤, 꼰대 할머니가 일손이 부족하다며 감귤 수확을 도와 달라고 했다. 일당도 넉넉하게 준단다. 귤 수확철에는 사람 구하기가 힘들어서 어린이들도 돕는다고 했다. 강생의 정보를 얻으려면 어른들과 친해져야 하니 하겠다고 했는데, 지금은 너무 졸려서 후회하고 있다.

새벽 4시, 밖은 캄캄했고 드문드문 별도 있었다. 창문으로 들어오는 차가운 기운이 싸늘해서 이불 속으로 파고드는데 '국민체조 시~작' 음악 소리가 들렸다. 그 소리에 규완이도 하품을 하며 일어났다.

"넌 피곤하니까 더 자. 나 혼자 갔다 올게."

"할 일도 없고 생각만 많아서 정신없이 움직이고 싶어."

규완이가 스트레칭을 하며 몸을 풀었다.

"너……, 괜찮은 거야? 무슨 일인데?"

"미안, 도움이 필요하면 부탁할게."

녀석의 표정이 단호해서 더 물어볼 수 없었다.

세수를 하고 1층 식당에 갔더니 꼰대 할머니는 바닥에 앉아서 쪽파를 다듬었다. 창문을 닫고 있어서 매운 냄새가 진동했다. 아줌마가 뜨거운 김이 올라오는 콩나물국을 주었다. 고춧가루와 청량고추를 넣어 국물이 칼칼했다. 덕분에 몸에서 열이 났다. 뒤늦게 온 규완이가 국을 맛보더니 감탄했다.

"힘든 훈련이 끝나고 먹었던 시원한 국 같아."

규완이는 국만 몇 숟가락 뜨더니 이내 내려놓았다.

"밥 안 먹어?"

"속이 안 좋아서."

규완이가 2층으로 올라갔다. 속이 아니라 마음이 안 좋은 것 같은데 대체 무슨 일일까.

"밥을 많이 먹어야 일을 하지! 요즘 아이들은 밥 귀한 줄을 몰라!"

꼰대 할머니가 소리를 질렀다.

"배고프면 알아서 찾아먹을 테니 걱정 맙써! 날씨 추우니까 옷 잘 입으라. 제주도에 와서 귤을 따 봐야 진짜 제주도를 아는 거라."

아줌마가 두꺼운 바지를 내밀었다. 북극에 가서도 견딜 수 있을 만큼 두툼한데 디자인이 문제였다. 오색찬란한 꽃무늬 바지에는 벌써 봄이 시작되고 있었다. 내복까지 껴입으면 다리가 더 짧아 보이겠지만 얼어 죽지 않으려면 어쩔 수 없었다. 할아버지 덕분에 많은 것을 경험하고 있다.

"우리도 혼저 먹고 일하러 가게."

할머니가 쪽파를 냉장고에 넣고 개수대에서 손을 씻었다. 아줌마도 식탁에 앉았다. 난 밥을 다 먹고 2층에 올라갔다. 규완이가 핸드폰을 두고 나가기에 챙기라고 하려다 말았다. 일부러 그런 것 같았고, 규완이의 얼굴에 피곤함도 가득했다. A 선수가 떠올라서 스마트폰으로 검색해 보았다. 세계 선수권 대회 출전을 대비해 훈련 중이라는 기사뿐이었다.

"혼저 오라! 지금 출발해야 안 늦어!"

할머니가 가장 많이 쓰는 단어는 '혼저'였다. 마당으로 나갔더니 할머니는 경운기에 시동을 걸고 있었다. 마을 사람을 모두 깨울 정도로 소리가 커서 귀를 막았다.
"운동 삼아서 뛰어오라. 경운기는 위험해서 못 탄다."
할머니는 한 손으로 부드럽게 핸들을 꺾으며 경운기를 몰아 큰길로 나갔다.
"할머니는 경운기도 잘 운전하시네요."
"어릴 때부터 고생을 많이 해서 뭐든 잘하셔. 요즘 태어났으면 국회의원도 하셨을 거라."
아줌마가 경보하듯이 빨리 걸었고, 그 뒤를 규완이가 따랐다. 다들 운동 실력이 좋았다. 나도 짧은 다리로 부지런히 달렸더니 몸에서 땀이 흐르고, 과수원에 가기도 전에 쓰러질 것 같았다.
과수원에 도착했다. 할머니 다섯 분이 벌써 와서 활기차게 수다를 떨고 있었다. 그사이 푸르스름한 어둠을 비집고 해가 떠올라 사방이 조금씩 밝아졌다. 뛰어오느라 지쳐서 몸은 이미 일을 다한 듯 무겁기만 했다.
할머니들은 핸드폰에서 흘러나오는 노래에 맞춰 막춤에 가까운 체조를 하며 몸을 풀었다.
"할망들이 귤을 따서 큰 상자에 담으면 너희는 그 상자를 창고 앞으로 옮기라! 그리고 감귤 따는 가위는 위험하니까 만지지 마라."

꼰대 할머니가 랩 하듯이 빠르게 말하면서 기름이 묻은 천으로 가위를 닦았다. 가지치기할 때 쓰는 전지가위는 단단했고 눈부신 햇살을 받아 칼날이 번쩍거렸다.

꼰대 할머니가 가장 먼저 일을 시작했다. 수십 년 동안 귤을 딴 달인답게 손이 빨라 상자가 금방 찼다. 귤이 찬 상자를 번쩍 들었더니 허리로 전기가 통하듯 찌릿, 통증이 전해졌다. 이렇게 무거운 상자는 처음 들어보았다. 이 상자를 수백 번 옮겨야 일이 끝난다고 하니 한숨이 나왔다. 규완이는 상자를 번쩍 짊어져서 칭찬을 받았다.

"상자 찼져! 혼저 가져가라!"

꼰대 할머니는 일하는 기계 같았다. 자기네 과수원도 아니니 눈치껏 수다도 떨고, 농땡이를 피워도 될 텐데도 쉬지 않고 몸을 움직였다. 물론 잔소리도 쉬지 않아서 문제였다. 성격은 까칠해도 일을 잘하니 찾는 사람이 많고, 경따를 당해도 당당했다. 역시 능력이 중요한가 보다.

11시 30분, 점심시간이었다. 허리, 다리, 발바닥, 안 아픈 곳이 없어서 느릿느릿 걸으며 창고로 들어갔다. 수저를 들 힘도 없었지만 먹어야 오후에 일을 할 수 있었다. 열심히 일했는데 반나절도 지나지 않았다. 게임할 때와 다르게 하루가 길어서 오늘은 48시간쯤 되는 것 같았다.

"학생들이 도와주나 금방 햄신게."

뽀글 머리 할머니가 모자를 벗었다. 옅은 파마약 냄새가 풍겼다.

점심은 모자반으로 끓인 몸국이었다. 몸국은 돼지고기 등뼈를 우린 국물에 모자반을 넣고 끓여 건강에 좋은 웰빙 음식이었다. 홍길동 갈비에서 점심 식사로 팔면 좋을 것 같아 사진을 찍었다.

아침밥을 굶은 규완이가 허겁지겁 먹기 바빴다. 나도 뜨거운 국물로 배를 채웠더니 기운이 생겼다. 일에 열중하느라 제주에 온 이유를 잊고 있었다.

"올레길 끝에 초등학교가 있던데 왜 없어졌어요?"

"군인들이 학교, 집들을 모두 다 불태워 버렸주."

할머니들이 덤덤하게 그 시절을 이야기했다. 산에 있던 무장대들이 마을로 내려와 식량을 가져가지 못하게 마을을 불태우고 사람들을 해안 마을로 옮겨가도록 하는 소개령이 내려진 것이다. 그 이후, 4.3이 끝나 사람들이 마을로 돌아왔지만 학교는 다시 문을 열지 못했다고 한다.

"토벌대가 초가집에 불을 붙였는데, 바싹 마른 늦가을이라

얼마나 잘 타던지!"

어떤 할머니가 눈시울을 붉혔다. 지붕을 풀로 덮은 초가집이라 순식간에 탔다고 했다. 눈물에는 전염성이 있는지 다른 할머니들도 눈가가 붉어졌다. 군인과 경찰이 마을 사람들을 수백 명씩 잡아다 죽이고, 집을 불태웠다는 그 시대를 상상할 수 없었다. 그때 사라진 마을도 많다고 했다. 적군도 아닌 국민을 죽이던 토벌대는 어떤 마음이었을까?

어떤 할머니는 당시 파출소인 경찰 지서에 끌려가 고문을 당했다가 운 좋게 살아 나왔다며 몸을 부르르 떨었다.

"군인이나 경찰들이 영장도 없이 그냥 잡아갔주. 재판도 안 하고 총살하는 그런 시대는 다시 오면 안 되주. 서북청년단도 제주도 사람들을 많이 죽연!"

할머니가 눈가를 손등으로 훔쳤다. 얼굴과 손의 주름이 더 깊어 보였다. 서북청년단은 처음 들어봐서 또 검색했다.

공산주의자들이 북한을 장악하면서 평안도에 살던 사람들이 남한으로 내려왔다고 한다. 그들은 이승만 정권의 지지를 받으며 4.3 진압에 참여했다. 제주도에 지인들이 없으니 그 누구의 눈치도 보지 않고 잔인하게 제주도 사람들을 죽이고 폭행했다. 그리고 급료를 받지 못해서 더 제주도 사람들을 착취하기도 했단다. 김구 선생을 암살한 안두희도 서북청년단 단원이었다.

"사람들 앞에서 손주한테 친할아방을 때리라고 해서 안 하면 고문도 했댄해!"

"성산포에 어느 학교를 서북청년단이 차지했는데, 여자들을 잡아가서 성폭행하고 총으로 쏘아 죽이는 일이 많았주. 앞에 아이들이 있으난 더 말 못 허켜."

지금까지 들은 이야기도 감당이 안 되는데, 더 충격적인 일들이 많은가 보다. 어린 시절부터 책과 신문을 봐서 아는 게 많다고 자부하던 나였다. 하지만 세상에는 책에 나오지 않는, 내가 모르는 일들이 많았다. 지금 할머니들이 하는 이야기는 왜 학교에서 자세하게 배우지 않는 것일까?

"군인, 경찰이 아무 잘못도 없는 사람을 죽일 수 있어요? 뭔가 잘못한 게 있지 않을까요?"

"그 입 다물지 못허크냐! 그 시대를 살아 보지도 않고 함부로 말하믄 못쓴다! 맞을 짓을 해서 때린다는 말처럼 무서운 말은 없주."

꼰대 할머니가 매섭게 혼내자 규완이가 움찔하며 입을 다물었다.

녀석 때문에 무거운 분위기 속에서 밥을 먹고 있는데, 어떤 할머니가 창고에 있는 라디오를 켰다. 마침 정오 뉴스에서 '제

주4.3특별법 개정안이 통과되어서 내년부터 피해자 보상을 시작합니다'라고 아나운서가 소식을 짧게 전했다.

"늦었지만 이제라도 보상을 받아야주. 그 세월, 제대로 말도 못 하고 죄인처럼 살았져!"

할머니들의 얼굴이 밝아졌다. 꼰대 할머니도 핸드폰으로 그 기사를 확인하더니, 식사를 끝내지도 않고 조용히 밖으로 나갔다.

잠깐 쉬다가 다시 귤 상자를 나르는데 감각을 잃어버려서 이제는 팔이 아프지도 않았다. 밥을 두 그릇이나 먹은 규완이는 상자를 어깨에 짊어지고 성큼성큼 걸었다.

"안 힘들어?"

"나는 겨울마다 하는 일이야. 역시 몸을 움직이니 머리가 맑아지고 잡생각이 사라지네."

녀석은 노동의 중요성을 강조하는 공익 광고의 주인공 같았다. 세상에서 밭일이 가장 쉬웠어요!까지 붙이면 완벽했을 텐데.

오후에도 감귤 상자를 수십 번 더 날랐다. 이제 시큼한 귤 냄새만 맡아도 위산이 올라올 것 같아서 귤을 먹지 않겠다고 다짐했다.

할머니들의 잔소리를 들으며 '혼저' 움직였더니 어느덧 일이 끝났다. 바람도 차가워서 두꺼운 옷 안에서 흐르던 땀이 식었고 손에도 상처가 나 따끔거렸다. 부모님의 손이 왜 거친지 알 것 같았다. 열심히 일하다 보면 상처가 생겼다가, 단단하게 아물고 그렇게 반복하는 사이 어른이 되어 가는 걸까?

창고에 들어가 빈 상자들을 정리할 차례였다. 꼰대 할머니가 구석에 앉아 핸드폰을 계속 들여다보고 있었다. 일을 하다가 넋 놓고 먼 산을 보거나 한숨을 쉬기도 했다. 일을 잘하네, 못하네! 잔소리해야 할 캐릭터가 갑자기 조용해지니 적응하기 어려웠다. 마침 아줌마가 창고로 들어오기에 조용히 물었다.

"할머니 어디 편찮으세요? 말씀도 안 하시고."

"내일이 외할아버지 제사라서 울적허신 모양이라. 매년 이맘때면 힘들어하셔. 특히 올해는 더 그럴 수밖에 없주."

아줌마의 표정도 어두웠다.

모든 일이 끝나서 창고 정리까지 하고 장갑을 벗었다. 일당이 얼마나 될까 상상하는데, 밖에서 비명 소리가 나 달려나갔다. 할머니들이 웅성거렸고 규완이가 몸을 심하게 떨었다.

"아이고, 그 가위는 만지지 말랜 해신디! 혼저 119 부르라!"

뽀글 파마 할머니가 목에 두른 수건으로 규완이의 손을 감쌌다. 수건이 빨갛게 물들었다. 녀석이 꼰대 할머니의 전지가

위를 만지다가 손을 베였다. 다들 어쩔 줄 몰라 하는데, 꼰대 할머니가 차분하게 수건을 풀고 녀석의 손을 보았다.

"많이 안 다쳤져! 이런 일에 119 부르지 마라! 사소한 일에도 전화하면 소방관들이 중요한 일을 못 헌다."

할머니의 명령에 아줌마가 핸드폰으로 콜택시를 부르고 병원에 연락했다.

"뼈는 다치지 않아서 다행이라. 가까운 병원에 강 소독약 바르고 몇 바늘만 꿰매면 되니까 걱정 마라. 가위를 내가 잘 챙겨야 했는데, 오늘따라 정신이 나가 버린 기분이여."

꼰대 할머니의 말에 규완이가 긴장을 풀고 그제야 의자에 앉았다.

사연 있는 밤

 난생처음 감귤을 땄더니 온몸이 쑤시고, 어깨와 종아리엔 돌덩이를 매단 듯했다. 생각해 보니 아빠도 온종일 고기를 써느라 손에 상처가 가득했고, 허리가 아파도 한의원에 갈 시간이 없었다. 엄마도 음식이 담긴 쟁반을 나르느라 손목이 시큰거렸지만 몸을 챙길 겨를이 없었다. 어른이 되면 매일 일해야 하는데, 하기 싫은 일이라면 하루하루 살기가 힘들 것 같다. 내가 좋아하는 일을 해서 돈을 번다면 즐겁게 할 수 있을 텐데. 내가 무엇을 잘하고 좋아하는지 '혼저' 알아야겠다.

 창문을 두드리는 빗방울 소리가 반가웠다. 오늘도 일을 해야 하지만 비 때문에 못 한다. 귤이 비에 젖으면 빨리 상해 날씨가 좋은 날에만 일할 수 있었다.

규완이는 잠꼬대를 하며 몸을 뒤척거렸다. 녀석의 전화를 확인했지만 잠금이 되어 있어서 누구와 통화하는지 알 수 없었다. 규완이는 무슨 고민을 하고 있을까? 어른들은 아이일 때가 가장 행복하다고 말하지만 어른들 못지않게 아이들도 고달플 때가 많다. 나이를 떠나 삶은 모두에게 힘들고 매순간 넘어서야 하는 일이 계속 이어지고 있으니까.

아침 일찍, 아줌마와 할머니는 시내에 있는 마트에 가서 고기, 과일 등을 사 왔다. 제주도에서는 식게라고 부르는 제삿날이었다. 할머니는 식사도 하지 않고 부지런히 음식을 준비했다. 그사이 나는 눈치껏 집 안 정리를 했다.

오늘도 할머니는 웬만해서는 말을 하지 않았다. 묵언 수행하는 사람이 한 명 늘어나 가슴이 답답했다. 쩌렁쩌렁한 목소리로 잔소리할 때가 그리울 지경이었다. 뒤늦게 일어난 규완이는 손에 비닐장갑을 끼고 샤워를 마쳤다.

"아픈 것보다 피가 나서 무서웠는데 할머니가 괜찮다고 하니까 마음이 놓이더라."

그날 규완이는 병원에서 손가락을 몇 바늘 꿰맸는데, 소독을 잘하고 며칠 동안 물에 닿지 않으면 낫는다고 했다. 소독도 할머니 몫이었다. 할머니는 대수롭지 않게 규완이 손가락을 소독하고 붕대를 감았다. 두 사람은 친손자와 할머니처럼 가까워졌다.

 점심 무렵, 식당에 기름 냄새가 퍼졌다. 튀김 하는 소리가 빗방울 떨어지는 소리 같았다. 나는 아줌마를 도와서 오징어튀김을 했다. 다음 달, 할아버지 제사라 미리 연습하는 셈치고 열심히 배웠다.
 "할머니, 아버님은 언제 돌아가셨어요?"
 "4.3 때 군인들한테 잡혀갔는데 시신을 못 찾아서 언제 돌아가셨는지 몰라. 잡혀간 날로 식게를 햄서."
 꼰대 할머니는 손등으로 눈가를 훔쳤다.
 "묘지는 어떻게 하셨어요?"
 "생전에 입던 옷을 넣어서 묘지를 만들었는데, 그런 집이 많아. 그때 우리 마을 사람 거의 100명이 한 번에 끌려가신디, 온 가족이 죽어서 식게도 못 지내는 집도 있주게!"
 수천 년 전, 왕의 말 한마디에 수천 명을 죽일 수 있던 왕조 시대도 아니고, 70여 년 전, 대한민국에서 이토록 참혹한 일이 벌어질 수 있을까?

"어느 마을에서는 학교 운동장에 수백 명을 모아 놓고, 총을 쏘아 본 적 없는 군인한테 사격 연습 삼아 사람을 죽이라고도 했주."

"정말로 군인들이 그렇게 사람을 죽였어요? 믿을 수가 없어요."

"요즘 젊은이들은 믿지 못하주. 왜 그렇게 죄 없는 사람을 죽였는지 토벌대들을 하늘에서라도 만나면 물어보크라!"

군인들은 깊은 동굴에 숨은 사람들을 찾으려고 동굴에 불을 피워서 모두 질식사시키기도 했다고 한다. 훗날 그 동굴에서 유해와 함께 숟가락, 밥그릇이 발견되었다. 사람을 잔인하게 죽일 수 있는 방법은 모조리 동원한 셈이었다.

"지금도 마을에서 안 만나는 사람들이 있주. 학교 동창인데, 한 친구의 아버지가 4.3 때 경찰이었주. 그 경찰이 다른 친구의 부모를 죽였주게."

꼰대 할머니는 창밖을 보며 목소리를 낮추었다. 4.3은 아직 끝나지 않은 것 같았다. 멀리서 볼 때는 다들 행복해 보였는데 가까이에서 보니 누군가의 삶은 슬프고 참혹했다. 텔레비전에서는 예능 프로그램이 방송 중이었다. 출연자들은 시시껄렁한 농담을 주고받으며 깔깔거렸지만 우리는 따라 웃을 수 없어서 텔레비전을 껐다.

5시 무렵, 친척들이 몇 분 찾아왔다. 사람이 많지 않아 넓은 거실이 썰렁했다. 밖이 어두워지자 아줌마가 큰 방에 제사상을 차렸다. 서울의 제사상과 큰 차이는 없었는데, 엄숙한 제사상에 롤케익이 있었다.

"롤케익을 올려요?"

내 말에 아줌마가 제주의 풍습을 설명해 줬다.

옛날부터 제주도는 논이 없어서 벼농사를 짓지 못했고, 따라서 쌀이 귀해 떡을 만들기 어려웠다. 그래서 떡 대신 빵을 올리는데, 한동안 카스텔라가 인기였고 요즘에는 더 맛있는 롤케익으로 바뀌었단다. 초코파이와 환타를 올리는 집도 있다고 했다.

제사는 밤 11시가 넘어서 지낼 거라 그 전에 저녁 식사를 하려고 나도 분주하게 음식을 챙겼다. 마침 텔레비전 뉴스가 끝날 무렵, 제주 소식에 4.3특별법 보상 관련 이야기를 전했다. 접시에 전을 담던 할머니가 뉴스에 귀를 기울이더니 거실로 나가서 소파에 앉았다.

"다 모여 봅서!"

할머니가 텔레비전 소리를 크게 키웠다.

모두 상에 둘러앉았고 아줌마가 국과 밥을 챙겨 왔다.

"제주4.3특별법 개정안이 통과되었수다. 아버지가 4.3 때 돌아가셨고 내가 딸이라고 어떻게든 증명허쿠다. 예전에도 그 방법을 여러 번 알아보다가 못 해신디, 이번에는 꼭 헐 테니 많이 도와줍서!"

할머니는 스크랩해 둔 지역 신문 기사도 꺼냈다.

"늦었지만 이제라도 아버지와 같은 호적에 올라야주. 긴 세월 아버지 없이 사느라 설움이 많았주."

검은색 두루마기를 입은 할아버지가 할머니 손을 잡았다.

"우리 어머니는 평생 남편도 없이 힘들게 나만 키우다가 외롭게 살다 가셨수다. 나도 친형제도 없이 혼자 이날까지 살아왔는데 이제라도 법적으로 내 뿌리를 꼭 찾으쿠다!"

할머니가 소주 한 잔을 마셨다. 다들 할머니의 이야기에 귀를 기울였다.

"살아남은 사람들이 그 시대 이야기를 전해야 귀신들이 한을 품니다. 내일부터 제주도청을 비롯해 여기저기 다니면서 방법을 알아보쿠다! 나 같은 사람이 제주도에 한둘이 아닐 테니까 힘을 합쳐서 꼭 피해 보상을 받으쿠나. 이제 밥 먹게마씸!"

밥상에는 반찬이 가득했고 갓 지은 밥에서 뜨거운 김이 피어올랐다.

"지금은 쌀이 흔하지만 예전에는 흰쌀이 너무 귀하고 고와서 곤밥이라고 했주."

할아버지가 숟가락을 들었다.

밥그릇을 보니, 어느 동굴에서 발견되었다는 녹슨 그릇이 떠올랐다. 추운 겨울, 한라산 깊숙한 동굴에 숨었다가 군인이 피운 짙은 연기에 숨 막혀 죽은 꼬마는 생전에 곤밥을 든든하게 먹은 적이 있을까?

식사 중에 핸드폰이 울려 규완이가 밖으로 나갔다. 그러더니 한참 뒤에 돌아와 밥은 먹지 않고 물만 마셨다.

식사를 끝내고 규완이와 마당으로 나갔다. 바람이 차가운데도 아줌마가 밖에서 커피를 마시고 있었다.

"우리 어머니가 좀 드세지? 이해허라."

할머니가 어떻게 살아왔는지 아줌마가 들려줬다. 커피에서 피어오르는 김이 아줌마의 한숨 같았다.

할머니의 아버지는 결혼 직후 군인한테 끌려가 집으로 돌아오지 못했다. 어느 산에서 총살당했다는 소문만 돌 뿐 행방불명이 된 것이다. 그때 할머니의 어머니는 딸을 임신한 상태였다. 그런데 혼인 신고를 안 해서, 딸인 할머니가 태어나도 출생 신고를 할 수 없었다. 그 시절에는 그런 사람이 많았다고 한다. 어쩔 수 없이 할머니는 작은아버지의 딸로 출생 신고를 해서 친어머니와도 법적으로 모녀 관계는 아니다.

"어머니는 어릴 때부터 아버지가 없다고 무시당하고, 가난하다고 무시당하고, 제대로 배우지 못해서 사람들한테 무시당했주."

"사람들이 할머니를 무시하지 못하게 하려고 말을 세게 하신 거예요?"

규완이의 말이 일리가 있었다.

"어머니는 세상 탓만 하지 않고 뒤늦게 공부해서 검정고시까지 합격핸! 수학과 영어가 어려워 포기할 줄 알아신디, 배워야 당당하게 할 말을 할 수 있다면서 얼마나 열심히 하시던지, 고3 학생 같안!"

할머니 자랑을 하는 아줌마의 얼굴에 미소가 번졌다.

할머니는 우리 부모님보다 더 대단한 분이셨다. 할머니한테 꼰대라는 별명을 붙인 것을 후회했다. 그 사람이 어떤 삶을 살아왔는지 알지도 못하면서 겉모습만 보고 판단했다. 남에게 쉽게 털어놓지 못할 사연을 품고 사는 사람이 많았다. 그것이 그 사람을 힘들게도 하지만 독하게 버티도록 하는 힘이 되기도 하나 보다. 우리 할아버지한테 퐁뜰과 강생도 그런 것이었을까?

"어머니는 세상에 의지할 사람이 나밖에 없어. 늦었지만 이제라도 어머니의 한을 풀어드려야되켜!"

할머니의 아버지가 4.3 때 돌아가시지 않았다면 할머니와 아줌마의 삶도 지금과 달랐을 텐데. 자식은 태어날 때부터 부모의 영향을 많이 받는다. 그렇다면 우리 할아버지의 삶이 아빠한테 미친 영향은 무엇일까? 그것이 나한테까지 이어지고 있을까? 생각할수록 할아버지가 남긴 유언의 의미가 더 궁금해졌다.

"소설 좋아한다고 하셨죠? 우리 할아버지가 쓴 작품이 있는데 강생을 찾는 데 도움이 되지 않을까요?"

"읽고 싶어. 내가 작가 지망생이었잖아. 우리 어머니의 삶을 소설로 쓰고 싶어서 습작을 하다가 재능이 없어서 포기했주."

규완이도 읽고 싶다고 해서 두 사람에게 소설 파일을 보내주기로 했다. 아줌마라면 자기 일처럼 적극적으로 알아봐 줄 것 같았다.

"뭐 햄시냐? 밥 먹어시믄 얼른 와서 상 치우고 정리허라!"

할머니가 창문을 열고 소리를 질러 댔다. 우렁찬 목소리를 들으니 덩달아 나도 기운이 생겼다.

자정 무렵에 제사를 지냈다. 20대 초반에 죄 없이 돌아가신 할아버지께 술을 올렸다. 곤밥에서 피어오르는 뜨거운 김이 하늘까지 닿기를 바라는 마음이었다. 제사가 끝났다. 친척들이 돌아가고 나는 행주로 상을 닦고 정리했다. 그사이 아줌마는 설거지를 시작했다.

"산책 좀 하자."

규완이가 점퍼를 입고 먼저 펜션을 나섰다.

이제 속마음을 털어놓으려는 것일까. 기다리던 순간이라 바로 따라나갔다. 차가운 바람이 불었지만 몸에서 향 냄새가 사라지지 않았다. 가로등 없는 길을 나란히 걸었다. 녀석이 말하기를 기다리며 걷다 보니 올레길로 접어들었다. 수십 년 전, 이 길을 따라 어디론가 끌려가 집으로 돌아오지 못한 사람들이 어딘가에서 우리를 지켜보는 것 같았다. 억울한 사연이 있으면 혼령이 하늘에 올라가지 못한다고 했으니까. 할아버지가 남긴 유언의 의미를 반드시 알아내야 하는 까닭이었다.

문득 할아버지의 작품 「그 날」이 떠올랐다. '트럭을 타고 끌려간 사람들이 다시 돌아오지 않았다.' 이렇게 끝나는 작품이었다. 소설 속 그들은 어떤 트럭을 탄 것일까? 그리고 어디로 갔을까?

차가 지나가자 멀리서 개 짖는 소리가 들렸다. 드문드문 서 있는 가로등에 불이 환하게 들어왔다. 날씨가 추운 탓인지 불빛 주변을 맴도는 벌레가 보이지 않았다. 녀석이 걸음을 멈추고 깊은 한숨을 내쉬었다. 녀석은 한숨을 쉬려고 태어난 사람 같았다.

"같이 육상부에 있었던 친구가 자살했대."

녀석의 목소리가 떨렸다.

"저, 정말이야? 왜?"

"발신자를 알 수 없던 전화, 그 친구 부모님이었어."

우울증 때문에 극단적인 선택을 했다고 부모님은 생각했는데 그게 아니었다고 한다. 친구가 남긴 노트에 육상부에서 겪은 끔찍한 일이 적혀 있었다. 가해자를 처벌하려면 규완이의 증언도 필요한 상황이었다.

"A 형이 그 친구를 질투했지. 그 녀석 때문에 도 대회에 나갈 수 없었거든. 그래서 녀석을 괴롭히고 성추행했대."

"네가 본 거야?"

"나는 본 적이 없어. 그런데 어떻게 증언을 해. 죽은 그 친구가 뭔가 착각했을 거야."

"정말이지?"

녀석이 고개를 끄덕였다. 나는 규완이를 믿었다. 다시 눈이 내리기 시작했다. 세상 모든 것을 덮어 버리겠다는 듯 함박눈이 쏟아졌다.

쫓겨난 녀석들

오랜만에 늦잠을 잤다. 규완이도 모처럼 푹 자는 것 같았다. 세수를 하고 아줌마와 식사를 했다.

"규완이는 어디 아파시냐? 기운도 없고 얼굴에 걱정이 가득해."

"사춘기가 좀 늦게 온 것 같아요."

"메일로 보내 준 할아버지의 소설 한 편을 읽었는데 반전이 강렬하더라. 잘 쓰시던데 왜 등단을 못 했을까?"

아줌마가 수줍게 웃으며, 자신이 쓴 작품도 언제 보여 주겠다고 했다.

식사를 끝내고 2층 휴게실 소파에 앉아 노트북으로 할아버지의 소설 「절필」을 읽었다. 열심히 취재하는 잡지사 기자가 주인공이었다. 그 남자는 어느 날 밤, 검은색 자동차를 타고 온 사내들에게 붙잡혀 간다. 그 사내들의 정체는 끝까지 나오지 않는다. 한 달 뒤, 집으로 돌아온 주인공은 심신이 망가져 더 이상 글을 쓸 수 없고 사람들을 피한다. 뿐만 아니라 지금까지 써 놓은 원고지를 씹어 먹으며 히죽거린다. 그 뒤, 암호로 자신의 마음을 기록한다. 사람들은 내용을 알 수 없는 글을 보며 사내가 미쳤다고 손가락질한다.

지금까지 읽은 할아버지의 모든 작품은 실제 경험을 바탕으로 한 자전작 같았다. 그렇다면 이 소설의 주인공이 할아버지일까? 혹시 할아버지에게 내가 모르는 일들이 더 있었던 것일까?

할아버지의 장례식 후, 아빠는 할아버지의 책과 원고들을 모두 버리려고 했다. 왜 그러냐고 따졌더니, 할아버지의 글이 문제가 되어서 어린 시절 아빠와 할머니가 고생한 적이 있었다고 했다. 그때는 대수롭지 않게 넘겼는데, 지금은 아니어서 아빠에게 전화했다. 아빠는 식당 주방에서 고기를 손질하느라 정신이 없었다.

"할아버지가 기자를 하다가 경찰에 끌려간 적이 있어요?"

"어떻게 알았어?"

"할아버지가 쓴 소설에 그런 내용이 나와요."

"소설을 안 버렸어? 네가 할아버지를 닮아서 걱정이다. 글을 잘못 쓰면 어떻게 되는지 알아? 괜히 똑똑한 척하느니 무식하게 조용히 사는 게 편해!"

아빠의 꾸지람에도 아랑곳없이 내가 계속 할아버지 얘기를 묻자 아빠가 지난 일을 들려줬다.

할아버지가 월급도 제대로 안 주는 잡지사에 근무할 때였다. 제주 4.3, 국민보도연맹 사건들을 기사로 쓰려고 했나 보다. 그 정보를 들은 누군가가 할아버지를 붙잡아 가서 조사했다. 아직 글을 쓰지도 않았고 관련 자료를 찾았다는 신고만으로도 사람을 잡아갈 수 있던 시절이었다. 할아버지는 다행히 기소되지 않고 한 달 정도 잡혀 있다가 집으로 돌아왔다. 문제는 그 이후였다. 정신이 반쯤 나간 할아버지는 몇 년 동안 집 밖을 나가지 않았고, 아무도 만나지 않았다. 어디에 끌려갔냐고 물어도 답하지 않았다.

"사람들은 할아버지를 산송장이라고 했어. 밥도 안 먹고, 밤마다 소리치다가도 발소리만 들리면 이불장에 숨고! 그때 삶이 정말 지긋지긋했지."

동네 사람들, 친척들도 할아버지를 피하고, 검은색 정장을 입은 사내들이 집을 감시해서 아빠는 학교를 제대로 다닐 수 없었다고 한다. 그런 할아버지를 대신해 생계를 이어 간 사람은 할머니였다. 고생을 많이 한 탓에 할머니는 몸이 아파서 일찍 세상을 떠나고 말았다.

"사람들이 나한테 빨갱이 자식이라고 수군거렸어. 빨갱이라고만 하면 모든 것이 끝나는 무서운 시절이었지."

아빠의 목소리에 물기가 묻어났다. 아빠가 왜 대학 진학을 안 했는지, 왜 할아버지와 그토록 사이가 안 좋았는지 알 것 같았다.

"할아버지는 왜 그런 소재로 글을 쓰려고 했을까요? 그러면 끌려간다는 것을 모르지 않았을 것 같은데."

"몰라. 아무리 물어도 그 이유를 말하지 않더라. 그러니까 너도 적당히 해. 그때를 생각하기도 싫다. 바쁘니까 이만 끊자."

아빠와 전화를 끊고 할아버지의 소설을 다시 읽어 보았다. 이 글을 쓸 때 할아버지가 느꼈을 두려움이 문장 곳곳에 배어 있는 것 같았다.

빗방울 소리가 더 커졌다. 「절필」 작품에도 비가 내린다. 추적추적 비가 내리는 밤, 검은색 천으로 눈을 가린 채 끌려가다 흙탕물에 미끄러지는 주인공과 할아버지의 얼굴이 겹쳐 보였다.

"뭘 그렇게 열심히 읽냐?"

규완이가 하품을 하며 방에서 나왔다.

"뜨거운 수국기고 먹고 싶다."

거꾸로 말하는 규완이 특유의 말장난이 반가웠다.

"지금 몇 신데 이제 일어나나? 젊은것들이 혼저 일어나서 열심히 공부해야 필요한 사람이 된다."

청소를 하던 할머니가 눈을 흘겼다.

"할머니는 어떻게 해서 법적으로 부녀 관계를 인정받으실 거예요?"

"나는 포기를 모르는 사람이여. 청와대 앞에서 1인 시위도 할 거니까 많이 도와주라."

"서울에서 하신다면 저도 같이할게요."

할머니가 흐뭇한 얼굴로 나와 규완이를 바라보았다.

비는 추적추적 내리고 방은 따스해 낮잠 자기 좋았다. 하품을 하며 침대에 누워서 「소년」이라는 단편을 읽었다.

국민학교 담벼락 옆 초가집에 사는 7살짜리 소년과 젊은 군인이 우정을 쌓는 이야기였다. 소년의 이름은 나오지 않았다. 군인이 사탕을 돌담 구멍에 숨겨 놓으면 소년이 보물찾기를 하듯 찾아서 먹었다. 소년도 맛있는 열매를 따서 그 구멍에 숨겨

놓았다. 군인한테 주는 선물이었다. 소년의 아버지는 시내에서 광목, 과자, 신발 등을 파는 상점을 운영했고, 소년은 어머니와 둘이 시골에서 살았다. 어느 날 밤, 소년의 부모가 갑자기 세상을 떠나고 혼자 남은 소년은 군인한테 작별 인사도 못 하고 마을을 떠난다. 소년의 부모가 갑자기 세상을 떠난 이유는 소설에 나오지 않았다.

훗날, 수십 년이 지나 중년이 된 군인은 소년을 만나러 그 마을에 왔다. 아무리 수소문해도 소년이 어디에 사는지도 알 수 없었다. 군인은 소년에게 하고 싶은 말을 중얼거리며 마을을 떠난다. 군인이 소년한테 하고 싶은 말은 무엇이었을까? 만약 이 작품도 할아버지의 체험을 바탕으로 했다면 할아버지가 소설 속 군인일까?

가슴이 급하게 뛰고 입이 말랐다. 어느 토벌대가 총을 들고 사람을 쏘는 모습이 아른거리고, 총 맞은 사람의 비명 소리도 들리는 듯했다. 예전에 할아버지에게 군대 이야기를 물었는데, 군대에 가지 않았다고 짧게 답했다. 아빠한테 물었지만 잘 모르겠다고 답문이 왔다.

창문을 열고 퐁드르 마을을 바라보았다. 할아버지가 이 마을에 왔다면 언제, 왜, 무슨 일로 왔을까? 혹시 강생은 그 소년의 이름이 아닐까?

소설 속 이야기가 모두 거짓이었으면 좋겠다. 아빠가 시킨 대로 할아버지의 소설을 모두 버렸다면 얼마나 좋았을까. 빗방울이 멈췄고 진눈깨비가 내렸다.

점심시간이 되었다. 밖에 나가지 않고 집에만 있었더니 밥을 먹으러 제주도에 온 것 같았다. 산책을 갔던 규완이가 식사 시간에 맞춰서 돌아왔다. 우산을 쓰지 않아서 머리가 비에 젖었고, 신발에 진흙이 잔뜩 묻었다. 녀석한테 수건을 건네는데 박하사탕 냄새가 풍겼다.
"요즘 애들도 박하사탕 먹어?"
아줌마가 식탁에 전복죽을 놓았다.
"아, 주머니에 하나 있더라고요."
녀석은 수건으로 머리를 닦으면서 화장실에 들어갔다.
"하루 세 끼 밥 차리기 싫다. 근데 강생의 뜻을 찾안?"
"아빠가 제주도와는 관련이 없고 할아버지 친구들 이름이래요. 더 이상 찾지 않아도 되겠어요."
할아버지가 제주도 사람들을 죽인 토벌대였을 수도 있어서 아줌마의 도움을 받지 않기로 했다. 강생을 만난다 하더라도 그 사람이 우리 할아버지를 기억하지 못할 수도 있고, 또 전할 말도 없었다.

"할아버지가 강생이라는 친구한테 유언을 남긴 거?"

"그렇대요. 이제 여행이나 하려고요. 소설도 할아버지 작품이 아니래요. 그러니까 읽지 않아도 돼요."

"그래? 흥미진진하게 잘 썼던데……."

"할머니는 어디 가셨어요?"

나는 얼른 다른 이야기를 꺼냈다.

"국회의원들 만나겠다며 여기저기 연락하느라 바쁘셔. 목표를 꼭 이루는 성격이라서 어떻게든 답을 찾으실 거라."

아줌마는 할머니를 자랑스러워했다. 모녀를 보니 의견이 맞지 않아 늘 얼굴을 붉혔던 아빠와 할아버지가 떠올랐다.

"요즘 제주도 전설을 공부하고 있는데 말해 주카?"

아줌마가 흥미로운 전설들을 들려줬다. 설문대 할망, 자청비 이야기가 재미있어서 『제주도 전설』 책을 사서 읽고 싶었다. 전복죽을 먹고 일어나 방으로 가는데, 누군가 거칠게 현관문을 열면서 소리를 질렀다.

"여기 학생이 우리 창고에서 담배 피웠어?"

회장 할아버지가 검게 그을린 지푸라기를 흔들었다. 연기 냄새가 났고, 재가 바람을 타고 부엌으로 들어왔다. 시끄러운 소리에 규완이도 화장실 문을 열고 나왔다.

"회장님, 무슨 일인지 차근차근 말씀 줍서. 이 아이들은 학생들이라서 담배 안 피워마씸."
아줌마가 뒤돌아보자 규완이가 헛기침을 했다.
"키 큰 학생이 우리 창고에서 담배 피우는 거 본 사람이 여럿이야. 하마터면 억새가 가득한 창고에 불이 날 뻔해서!"
할아버지의 얼굴이 붉으락푸르락했다. 규완이가 벗어 놓은 점퍼 주머니에 손을 넣었더니 담배가 있었다.
"담배꽁초는 빗물에 버렸어요. 불이 붙을 수가 없어요."
녀석이 눈치를 보며 말했다.
"창고가 다 탈 뻔했어! 당장 경찰에 신고할까? 신고하면 방화범으로 구속될 수도 있어."
할아버지는 학생들한테 담배를 판 판매자도 고발하겠다고 엄포를 놓았다. 또 펜션에 보호자 없이 청소년만 투숙하면 불법이라고 소리를 질렀다. 어젯밤에 이모가 바빠서 못 온 것을 알고 있었다.
"회장님, 죄송해요. 제가 아이들을 잘 챙기지 못해 마씸."
아줌마가 고개를 숙였다.
"저 아이들을 얼른 내보내! 안 나가면 당장 경찰에 신고하지. 여름이면 이 펜션에 온 사람들이 밤새 술 먹어서 얼마나 시끄러운 줄 알아?"
할아버지가 삿대질하는데 할머니가 들어왔다.

"아이들이 호기심에 담배 좀 피울 수 있주. 어른들이 너그럽게 헤아려 주면 안 됩니까? 삼촌은 한평생을 바르게만 살았수가? 그리고 내가 이 아이들의 보호자 마씸! 뭔 문제가 있수가?"

"보호자? 이젠 거짓말까지 하네. 어른이면 아이들을 잘 가르쳐야지 같이 거짓말을 해?"

할아버지와 할머니의 2차 대전이 오늘 터질 듯했다. 지나가던 사람들이 와 싸움을 말렸지만, 두 분 모두 목에 핏대를 세웠다. 일촉즉발의 순간이었다.

우리가 떠나야 해결될 것 같아서 2층으로 올라가 짐을 꾸렸다. 퐁드르에 며칠 더 머물면서 혼자 강생이가 뭔지 찾아보려고 했는데 실패다. 어쩌면 잘된 일인지도 모르겠다. 강생이와 할아버지의 관계를 받아들일 자신이 없었으니까.

"담뱃불을 확실하게 끄고 꽁초는 빗물에 버렸어. 저 할아버지가 거짓말하는 거야."

녀석은 툴툴거리며 짐을 챙겼다.

"담배 피울 수 있어. 이모한테 말 안 할 테니 걱정 마. 근데 저 영감탱이는 왜 우리한테 매번 트집이냐?"

규완이를 다독거리는데 할머니가 방으로 들어왔다.

"우리 딸이 차로 태워다 줄 거여."

"담배 피운 것은 잘못이지만 꽁초는 빗물에 적셔서 껐어요.

진짜 억울해요."

"저 할아방이 이상한 사람이라. 4.3 때 죽은 사람들을 빨갱이라고 해서 완전 정이 떨어졌! 다음에는 녹음했다가 명예 훼손으로 고발해야주."

할머니가 마당에 서 있는 영감탱이를 노려보았다.

침묵

비 오는 한목리와 달리 솔밭마을은 화창했다. 제주도는 지역에 따라 날씨가 달랐다. 아줌마가 펜션 앞에 차를 세웠다. 우리는 차에서 내려 달코롬펜션 쪽으로 걸어갔다. '달코롬'은커녕 입안에 쓴맛만 감돌았다.

"왜 벌써 왔어?"

낚시대를 정리하던 이모부가 짐을 받았다.

"비 맞으며 걸었더니 감기에 걸렸어요. 좀 자야겠어요."

규완이가 기침을 하면서 방으로 들어갔다. 다행히도 단체 손님이 모두 돌아가 방이 많았다.

빨랫줄에 널어놓은 하얀 침대 시트는 햇살을 받아 더 깨끗해 보였다. 손님이 머물다 가면 이불과 시트를 모두 세탁하고 방도 소독하느라 두 분 모두 분주하게 움직였다. 그런 까닭에 이모는 팔이 아파 늘 파스를 붙였다. 우리 엄마도 파스를 만병통치약처럼 붙였다.

"마준아, 제주 시내에 나가 봐야 해서 사무실에 전화 오면 잘 받아 줘."

이모는 고무장갑을 벗고 차에 올랐다. 이모부와 이모가 탄 자동차가 멀리 사라지자 녀석을 불렀다.

"그 일 때문에 담배 피운 거야?"

"그 친구 부모님이 자꾸 전화해서 귀찮아. 걔가 죽었다니 슬프고. 1학년 때 친했는데……."

규완이는 우울한지 침대에 누웠다. 물론 핸드폰 전원은 꺼 둔 채였다.

나는 휴게실에 앉아 할아버지의 소설을 읽다가 아줌마한테 소설을 보낸 걸 후회했다. 아줌마가 소설을 읽었다면 소년과 군인의 관계를 눈치챌 수도 있었다. 사무실에서 전화벨이 울려 뛰어가 받았다.

"규완이 부모님과 통화하고 싶어요. 규완이가 며칠 동안 전화를 받지 않아서요."

어떤 아저씨가 이모를 찾았다. 아저씨의 가라앉은 목소리에서 육상부 친구가 떠올랐다.

"규완이 형이에요. 부모님은 당분간 집에 안 계셔서 저한테 말씀하세요."

"규완이한테 형이 있었나요?"

"네, 규완이의 육상부 친구 부모님 되시나요? 규완이한테 얘기 들었어요. 규완이는 폭력 장면을 본 적이 없다니까 전화하지 마세요. 일방적으로 이렇게 전화하는 것도 규완이한테는 폭력이에요."

"죄송합니다. 어디까지 아는지 모르겠지만 규완이를 제발 설득해 주세요. 우리 아들이 폭력과 성추행을 당해서 세상을 떠났어요."

잠시 훌쩍이는 소리만 들리더니, 아저씨가 목을 가다듬고 이야기를 이어 나갔다. 아들이 우울증을 앓아서 운동을 관뒀는데 그때는 부진한 실력 때문일 거라고 생각했단다. 하지만 자살 이후 노트를 보고 아들이 자살한 이유를 알 수 있었다.

"창고에서 선배가 우리 아들한테 바지를 벗으라고 했는데, 거부하다가 뺨을 여러 대 맞았고 어쩔 수 없이 벌벌 떨면서 바지를 벗었대요. 그때 지나가던 규완이와 눈이 마주쳤고요. 노트에 적힌 날짜, 시간, 날씨, 장소 등 모든 게 구체적이라서 거짓이 아니라고 확신해요."

아저씨는 울음을 참는 듯 목소리에 힘을 줬다. 아들이 창피하다고, 그 장면을 못 본 척해 달라고 규완이한테 메시지를 보냈다는 내용도 써 있었다고 했다. 핸드폰 메시지를 분석해서 증거로 제출하고 싶지만 핸드폰이 바뀌어서 그럴 수 없는 상황이었다. 아들이 계단에서 미끄러져 발목을 다쳐 전국 대회에 나갈 수 없었는데, 그 또한 선배의 짓이라고 했다.

아저씨가 말을 끝내자, 그 친구의 엄마가 전화로 호소했다.

"제발 규완이한테 증인이 되어 달라고 부탁해 주세요. 가해자는 죗값을 치러야 해요. 그래야 우리 아들이 하늘에서나마…… 제발 도와주세요."

구슬프게 울던 아줌마가 전화를 끊었다. 심상치 않은 상황이라 바로 방에 들어갔다. 녀석이 다급하게 창문을 열고 환기를 시켰다.

"또 담배 폈어?"

"그냥. 답답해서."

"왜 마음이 답답한데? 그 친구한테 미안해서?"

"무슨 말이야?"

방금 전에 친구의 부모님과 통화한 걸 전했다. 녀석이 또 담배를 피우려고 하자 나는 담배를 부러뜨렸다.

"오늘 밤 나는 미쳐 버리거나, 높은 데서 뛰어내릴 것 같아."

규완이가 부러진 담배에 불을 붙였다.

"그 친구는 실력이 좋아서 학교 대표가 됐어. 그러자 선배들이 미워하기 시작했는데, A 형이 특히 더 괴롭혔어."

소년 체전을 앞두고 시 대표 선발전에서 그 친구가 1등을 하자, A 선수는 친구를 불러 성추행하고 때리기도 했단다. 마침 창고에 들어가던 규완이와 친구가 눈이 마주쳤지만 녀석은 도와주지 않고 외면했던 것이다. 그 후에도 A 선수는 그 친구가 선배를 무시했다며 따귀를 때리고, 운동복을 잘 정리하지 않았다고 발길질하고, 커터 칼을 목에 대면서 위협하기도 했단다.

"선배가 무서워서 개입하고 싶지 않았어. 그런데…… 나도 그 녀석을 질투했는지도 몰라. 밤새워서 훈련해도 녀석을 따라잡을 수 없었으니까."

그 후, 그 친구는 여러 차례 예선전에서 탈락해 심한 우울증에 시달렸고 결국 운동을 관두었다. 집에서 쉬면서 치료를 받았지만 증상이 더 심해져서 극단적인 선택을 한 것이다.

"그때 선배를 말렸거나 코치님한테 말했다면 그 친구는 죽지 않았을까? 나는 이제 어떻게 해야 돼? 선배가 입을 열면 가만두지 않겠대."

규완이가 증언하면 A 선수는 규완이를 명예 훼손, 허위 사실 유포 혐의로 고발하겠다고 했단다. 증인으로 나섰다가 괜히 규완이만 피해를 입을 수도 있었다.

할아버지도 떠올랐다. 4.3 관련 기사를 준비하다가 고초를 겪었고, 그 때문에 할머니와 아빠가 고생했다. 할아버지가 남들처럼 평범하게 살았다면 아빠의 삶도 달라졌을 것이다. 사람들에게 비겁하다고 손가락질 당해도 살다 보면 입을 다물거나 눈을 감아야 할 때가 있지 않을까?

우리는 아무 말도 하지 않았다. 벽시계 초침 소리만 또렷하게 들렸다.

"네 증언으로 그 친구가 살아난다면 모를까, 이제 그 친구는 없잖아. 침묵하는 게 나을지도 몰라. A 선수는 올림픽 유망주라서 유능한 변호사도 쉽게 구할 수 있을 거야."

"응. 솔직히 어떻게 해야 할지 모르겠어. 육상을 접은 이유 중 하나가 폭력이었어. 나도 누군가를 때려야 하는 상황이 올까 봐 두려웠는데 부상당해서 자연스럽게 관뒀지."

녀석이 말했다.

나는 조용히 창밖을 내다보았다. 조금씩 붉게 물들던 하늘이 어느새 어두워지기 시작했다.

귀양풀이

 이모는 텃밭에 심어 놓은 무를 뽑아 깍두기를 만든다고 했다. 이모가 건넨 무를 한 입 베어 물었다. 수분이 많고 아삭거려서 배를 먹는 것 같았다.
 "이 무로 깍두기를 담그면 맛있겠어요. 우리 엄마도 제주도 월동무가 좋대요."
 "마준이는 부모님 식당을 물려받으면 잘할 거야. 우리 규완이는 앞으로 뭘 해야 하나……."
 이모가 걱정스러운 얼굴로 규완이가 있는 방을 바라보았다. 녀석은 오늘도 늦잠을 잤다.

"유튜버를 하고 싶다니까 걱정하지 마세요. 성격과 집중력이 좋아서 뭐든 잘할 거예요."

규완이가 다음 주부터 영상 수업을 듣는다고 했더니 이모의 얼굴이 조금 밝아졌다. 무가 담긴 바구니를 수돗가로 가져가는데 펜션 아줌마가 연락을 해 왔다.

"회장 할아방 창고에 가 보니 억새에 담뱃불이 붙은 흔적이 없더라. 너희를 쫓아내려고 한 것 같은데 우리도 복수허게. 우리 어머니가 너희한테 부탁할 일도 있댄."

전화를 끊고 방에 가서 규완이한테 소식을 전했다.

"그래! 확실히 불을 껐다니까. 도대체 영감탱이는 왜 나를 싫어하는 거지?"

녀석이 욕실로 가서 샤워를 했다. 다행히도 손가락 상처가 많이 아물었다.

아줌마가 솔밭마을 정류장 근처에 차를 세우고 우리를 기다렸다. 오늘도 할머니는 남색 개량 한복을 입었고 가슴에 빨간 동백꽃이 그려진 배지도 달았다.

"규완이는 얼굴이 많이 상해신게! 회장 할아방 때문에 마음 고생을 했주. 이렇게 당하고만 있으면 안 돼여!"

할머니가 찐빵을 내밀었다.

"복수하는 좋은 방법이 있을까요?"

아침을 먹지 않은 규완이가 빵을 두 개나 먹었다. 아줌마가 자동차 액셀을 밟으며 한목리로 향했다.

"회장 할아방이 쓰레기를 봉투에 담아서 버리지 않고 마당에서 태우는데, 그때 신고해 버리게. 지금이 쓰레기 태우는 시간이주."

"무조건 신고해야죠. 저 때문에 불이 날 뻔했다고 엄청 화냈잖아요."

규완이가 찐빵 하나를 더 집었다.

"할머니와 할아버지는 사이가 안 좋던데 이유가 있어요?"

"그 할아방에 대한 안 좋은 소문이 있는데……."

"할아버지가 나쁜 일을 하신 거예요?"

"아직 증거가 없어! 증거 없이 다른 사람을 함부로 말하면 안 된다. 지금 증거를 찾고 있주."

할머니는 도덕 교과서 같은 말씀을 계속했는데 지겹지가 않았다. 정말 옳은 말씀들이었다.

차는 서귀포 바다가 잘 보이는 해안 도로를 빠르게 달렸다. 멀리 정방폭포 안내판이 보였다. '바다로 직접 떨어지는 동양 유일의 해안 폭포'라는 설명 밑에 아름다운 폭포 사진이 붙어 있었다. 폭포 입구, 넓은 주차장은 관광버스와 렌트카로 혼잡

했다. 정방폭포에서 사람들이 억울하게 목숨을 잃은 슬픈 역사를 아는 관광객이 몇 명이나 있을까?

 자동차가 한목리에 들어섰다. 영감탱이네 집이 보여서 고개를 숙였다. 아줌마가 다른 사람들의 눈에 띄지 않도록 차를 마을 회관 옆 큰 팽나무 뒤에 세웠다. 창문을 열었더니 매캐한 냄새가 나고, 연기가 자욱해 어디에서 불이 난 것 같았다.
 연기가 나는 곳은 마을 회관 앞, 회장 할아버지 집이었다. 마당 구석에서 폐휴지에 붙은 불이 활활 타올랐고, 플라스틱도 태우는지 화학 물질 냄새에 속이 울렁거렸다. 불을 지키는 사람이 없어서 바람이 불면 큰불로 번질 수도 있었다. 공기도 오염되니 불법 소각은 막아야 한다.
 시골에서는 쓰레기를 태워도 경찰에 신고하지 않는 듯했다. 예전에 부모님 식당 앞에서 누군가 종이 상자를 태웠다가 경찰서에 가서 조사를 받고 벌금을 냈다고 들었다.
 "규완이가 불냈다면서 내쫓았으니까 불에는 불! 우리도 신고해야죠."
 "바람이 세게 불면 불날 수 있주게! 건강한 시민 정신을 갖고 신고허게!"
 아줌마는 경찰서에 전화해 단속해 달라고 요청했다. 하지만 경찰들은 시골에서는 흔한 일이라서 대수롭지 않게 여기는 눈치였다. 그렇다고 포기할 우리가 아니었다.

아줌마가 차를 천천히 운전해 회장 할아버지네 집 마당을 지날 때, 규완이가 쓰레기 태우는 장면을 핸드폰으로 촬영했다. 목소리가 녹음되지 않도록 입을 꾹 다무는 것도 잊지 않았다. 촬영이 끝나자 아줌마는 차를 마을 어귀에 세우고, 시청 민원실과 경찰서에 쓰레기 태우는 영상을 증거로 보냈다. 그런데도 과태료를 부과하지 않으면 방송국에 제보하겠다고 했다.

"이제 할 일도 끝났으니까 굿 보러 가게! 요즘 젊은 사람들이 굿을 볼 기회가 없는데 제주도에 왔으면 굿판도 봐야주. 그리고 오늘 자원봉사 좀 허라."

할머니는 가슴에 동백꽃 배지를 제대로 달면서 옷매무시를 고쳤다.

한라산 중산간 도로를 빠져나간 차가 바닷가 근처, 넓은 공터에 멈췄다. 그 옆에는 큰 기념관도 있었다. 곳곳에 '4.3해원상생굿'이라고 적힌 현수막이 걸려 있었다.

"혼저 가자. 곧 굿판 시작헐 거여."

할머니가 먼저 차에서 내렸다. 공터 곳곳에는 빨강, 파랑, 노랑 등 색색깔 천이 바람에 나부꼈다. 어떤 아줌마는 긴 대나

무를 흔들었고, 젊은 사람들은 꽹과리와 장구를 쳤다. 태어나서 처음 보는 굿판이었다.

"제주도에는 일만 팔천 신이 산다고 해서 예전에는 굿을 정말 많이 했주."

아줌마가 제주의 풍습을 알려 줬다.

"오늘은 죽은 사람이 이승을 떠나 저승으로 잘 가기를 바라는 귀양풀이 굿을 하는 날이여."

할머니를 따라 굿판으로 갔더니 사람들로 북적거리고 방송사 카메라도 많았다. 굿상에는 떡과 과일, 밥이 담긴 그릇들이 올려져 있었다. 곧 흰 고깔을 쓰고 빨강, 파랑 등 오방색 천을 몸에 두른 남자 무당이 굿을 주관했다. 제주에서는 무당을 심방이라고 부른다고 아줌마가 귀띔했다.

꽹과리 소리에 맞춰 심방이 춤을 추자 굿판 분위기가 달아올랐다. 사람들은 심방의 춤사위에 집중했다. 한참 춤을 추던 심방이 멍석 가운데에서 이야기를 시작했고 웅성거리던 사람들이 조용히 귀를 기울였다. 죽은 사람이 심방의 입을 빌려서 살아있을 때 가슴에 맺힌 이야기를 전하고 있다고 했다.

"19살에 죄 없이 총에 맞아 죽어서 억울핸 저승으로 못 가쿠다! 우리 어머니가 이 원을 풀어 줍서!"

심방이 나직하게 노래를 부르듯 사연을 풀어냈다. 제주도 사투리라서 자세히 알 수 없었지만 4.3 때 세상을 떠난 혼이 억울하다고 하소연하는 듯했다. 할머니가 그 간절한 이야기를 들으며 손수건으로 눈가를 닦았다.

　나도 할아버지가 떠올라 눈가가 뜨거워졌다. 할아버지는 강생을 만나지 못해서 하늘에 가지 못했을까? 핸드폰에 저장된 할아버지 사진을 훑어보았다. 할아버지는 어려운 사람들한테 냉장고에 있는 좋은 고기와 식재료를 부모님 몰래 갖다 주었고, 복지 센터의 아이들한테 동화 읽어 주기 봉사도 꾸준히 했다. 사람들을 도울 때 가장 기뻐하던 할아버지였다.

　굿이 끝나자 사람들이 상에 술을 올리고 절을 했다.
　"마준이도 하늘에 잘 가시라고 할아버지께 인사드려."
　아줌마가 굿상을 향해 큰절을 올렸고, 나도 따라하며 할아버지의 명복을 빌었다. 뒤에 서 있던 규완이가 공터 쪽으로 힘없이 걸어갔다. 육상부 친구도 이승을 떠나지 못하고 있을까?

　굿이 끝났다. 할머니가 음식들을 챙겨 와 우리한테 내밀었지만 녀석은 먹지 않았다. 떡을 먹으면 체할 것 같아서 나도 물만 마셨다.

　점심시간이 끝나고 그 옆 기념관에서 제주 4.3 유족 토론회가 열렸다.

"나도 토론자여. 아버지의 딸인 걸 법적으로 인정해 달라고 당당하게 말하켜."

할머니가 뿔테 안경을 고쳐 쓰고 기념관 안으로 들어갔다. 대강당에는 카메라를 든 기자도 많고, 사람들로 가득 차서 빈자리가 없었다.

"규완이와 마준이는 밖에서 서명을 받아 주라."

아줌마가 종이와 볼펜을 꺼냈다. '4.3 유족인정 청원서명서'로 청와대, 국회, 도청 등에 제출한다고 했다. 지나가는 사람들에게 할머니의 안타까운 상황을 전했더니 다들 흔쾌히 서명해 줬다.

오후가 되면서 습기 찬 바람이 불었고 하늘도 흐렸다. 스마트폰으로 날씨를 확인해 보니, 저녁부터 비가 온다고 했다. 토론회가 시작되었다. 밖에 설치된 대형 화면으로 토론회 장면이 생중계됐다.

"4.3 때 다섯 형제 중에서 나만 살아남아신디, 형님들 시신도 몰래 수습해서 집 근처에 묻었다가 사건이 끝나서 제대로 묘소를 만들고……."

기억을 더듬던 백발의 할아버지가 울자 진행자가 휴지를 건넸다.

할아버지의 사연을 안타까워하며 서명을 받고 있는데, 봉고

차 한 대가 기념관 앞에 멈추었다. 차에서 내린 사람들은 현수막을 펼치고 피켓을 들었다. 피켓에는 빨간색으로 '빨갱이 OUT'이라고 적혀 있었다.

"제주4.3보상법은 악법입니다. 4.3 피해자라고 주장하는 사람들은 공산주의자, 빨갱이들입니다. 국민들이 낸 세금으로 그들을 보상해 주면 절대 안 됩니다!"

확성기를 든 남자가 악법이라고 외치자 다른 사람들도 악법 철폐!라고 소리를 질러 댔다. 토론회 관계자가 나와서 집회를 멈춰 달라고 했지만 그들은 막무가내였다. 대형 화면을 보니 할머니가 마이크를 잡을 차례였다. 하지만 주변이 시끄러워서 제대로 들을 수가 없었다.

"다른 사람들한테 피해를 주면 안 되잖아요! 좀 조용히 해 주세요!"

내가 소리를 질렀지만 그 사람들은 더 크게 구호를 외쳤다. 토론회 관계자가 미리 신고하지 않은 불법 집회라서 처벌받을 수 있다고 말했다. 그들은 대꾸도 하지 않았다. 나는 확성기를 든 아저씨한테 가서 불법 집회니까 당장 멈추라고 했다.

"대한민국은 언론의 자유가 있는 나라여! 1인 시위로 하면 처벌 안 받아."

그들은 한 명씩 멀리 떨어져서 구호를 외치기 시작했다. 1인

시위는 집회가 아니라서 신고하지 않아도 된다는 점을 악용하고 있었다. 할머니가 이 사람들을 본다면 분명히 가만히 있지 않을 텐데.

어떻게 해야 하나 망설이는데 하늘이 어두워지더니 굵은 빗방울이 떨어졌다. 피켓에 적힌 '빨갱이' 글자가 빗물에 번져서 핏물처럼 흘러내렸다. 비가 오자 그들은 우왕좌왕하더니 다시 차에 올랐다. 나는 사라지는 봉고차를 한참 바라보았다.

토론회가 끝나고 우리는 아줌마 차에 올랐다.
"할머니, 말씀을 정말 잘하시네요. 목소리가 크고 발음이 좋아서 아나운서 하면 잘하셨을 것 같아요. 물론 표준어를 배워야겠지만."
규완이가 할머니께 생수를 건넸다.
"요즘 시대에 태어났으면 국회의원도 할 말솜씨지. 옛날 여자들은 기회가 너무 없었주."
할머니가 물을 마시며 한숨을 돌렸다.
"강생을 찾지 않으려고 아줌마한테 거짓말했는데 다시 찾아보려고요. 그래야 할아버지가 편하게 하늘로 가실 것 같아요."
소설 속 군인과 소년의 이야기를 전하며, 그 소년이 강생 같다고 털어놓았다.

"그랬구나."

아줌마가 나를 이해한다는 듯이 바라보았다.

"걱정허지 마라! 내가 여기저기 아는 사람이 있으니까 강생이가 누군지 찾아보켜. 나만 믿으라."

할머니는 거짓말을 하지 않아서 믿음이 갔다.

"나 때문에 마을에서 쫓겨나서 강생을 찾지 못했으니까 이번에는 열심히 도울게."

녀석은 소설을 핸드폰에 내려받아 읽었다. 운동하면서 집중력을 키워서인지 한 번 빠져들면 무서울 만큼 집중했다.

"근데 할아버지 소설, 문장이 좀 이상하네. 1980년대는 이렇게 썼나? 문장 끝과 다음 문장 첫 부분이 잘 연결이 안 돼."

녀석이 매끄럽지 않은 문장들을 손으로 가리켰다. 소설에서 강생과 풍뜰을 찾는 데만 집중하느라 몰랐는데, 눈여겨보니 말이 안 되는 문장이 많았다. 사람을 찾았다, 라고 첫 줄이 끝났고 다음 문장은 구름은? 이렇게 시작해 앞뒤가 이어지지 않았다.

"할아버지가 4.3 관련 자료를 찾다가 어디론가 끌려가셨어. 그곳에서 몸과 마음이 다쳐 이 글을 쓸 때 문장 연결이 매끄럽지 않았을 거야."

"무슨 일을 당했는데?"

"상상에 맡겨야겠지? 국가에서 무고한 사람 몇 만 명을 죽인 사건인데 그걸 알아내려고 했잖아. 군사 정권 시기에 군인의 잘못이 알려지면 안 되니까 막으려고 했던 거지."

녀석이 고개를 끄덕였다.

"군인들이 정치하던 시절에 4.3 이야기를 했다가 바로 잡혀갔지. 북촌리 아이고 사건도 있었주."

할머니가 '아이고 사건'을 들려줬다. 1954년 제주시 조천읍 북촌리 학교 운동장에서 북촌리 사람들이 군대에서 죽은 청년의 장례를 지냈다. 시신 대신 청년의 옷을 넣은 꽃상여를 메고 운동장을 돌던 사람들이 4.3 때 이 운동장에서 죽은 마을 주민 400여 명을 떠올리며 술 한 잔씩을 올리며 슬퍼했다. 아이고, 아이고 하며 울었는데 곡소리를 듣고 출동한 경찰이 마을 이장을 비롯해 여러 사람을 잡아다 조사한 일이었다.

"피해자들이 피해를 당했다고 말할 자유도 없던 시절이여. 그런 세상이 또 오면 안 된다. 그래서 이제 피해자들이 더 열심히 움직여야 되는 거라."

할머니가 가방에서 자료를 꺼내 읽으며 다음 토론회를 준비했고, 규완이는 할아버지가 쓴 소설에 빠져들었다.

단서들

 이모부는 예약 손님이 없는데도 손님이 올 걸 대비해 청소를 했다. 이모도 창문을 닦았다. 관광객이 찾지 않는 비수기라 펜션은 쓸쓸했다.
 마침 사무실의 전화가 울려 규완이가 달려갔지만 이모부가 먼저 전화를 받았다. 새로 주문한 수건을 배달하겠다는 연락이었다. 규완이가 불안한 눈빛으로 전화기를 바라보았다. 친구의 부모님은 더 이상 펜션으로 전화하지 않았다.
 녀석은 방에 들어가 침대에 누웠고 나도 그 옆에 앉았다.
 "친구 부모님이 왜 연락을 안 하지? 포기했을까?"

규완이가 중얼거렸다.

토론회에 온 어르신들을 보니 70년이 지나도 가족을 잃은 슬픔을 잊지 못한다고 말하려다 참았다.

"전화가 안 와서 더 불안해! 혹시 부모님도 나쁜 선택을 할까 걱정되고."

녀석이 이불을 뒤집어썼다.

온종일 보일러를 틀었더니 공기가 탁해 창문을 열었다. 어제 내린 비에 미세먼지가 씻겨 숨쉬기가 한결 편했다. 어디에선가 핸드폰 진동이 울렸다. 규완이가 벌떡 일어나 핸드폰을 보더니, 친구 부모님이라고 했다. 녀석은 안도의 한숨을 내쉬며 통화 거절 버튼을 눌렀다.

규완이가 쉴 수 있도록 거실로 나가는데 아줌마가 전화를 해 왔다.

"강생의 단서를 찾을 수 있을 거 같아. 소설을 보니 할아버지가 토벌대로 제주에 오시지 않았을까? 그래서 우리 어머니한테는 그런 이야기는 하지 마라."

아줌마가 무얼 걱정하는지 눈치챘다. 규완이한테 머리도 식힐 겸 같이 나가자고 했지만, 녀석은 귀찮다며 다시 이불 속으로 들어갔다.

솔밭마을 입구에 아줌마의 차가 있었다.

"회장 할아방이 마당에서 쓰레기 태운 거 벌금 냈댄."

앞자리에 앉아 있던 할머니가 창문을 열었다.

"잘됐어요. 불이 날 수 있는데 미리 막은 셈이잖아요. 근데 강생 그분을 알아내셨다고요?"

뒷문을 열고 차에 올랐다.

"강생이 4.3 즈음에 학교 운동장 근처에 살던 아이였다면서? 마을 어르신들한테 부탁허난 알려 줨. 강생이란 사람이 4.3 피해자 같아서 바로 알아봤지!"

할머니가 누군가와 전화를 하는 사이, 차는 마을을 빠져나갔다.

오늘은 강생이 그분에 대한 정보를 들으러 간다. 가슴이 쿵쿵 뛰고 입이 말라서 차에 있는 생수를 마셨다.

"근데 강생이랑 마준이 할아버지랑 무슨 사이?"

할머니의 질문에 마시던 물이 목에 걸려 켁켁거렸다.

"마준이네 할아버지가 강생이 그분한테 옛날에 신세를 좀 졌댄마씸."

아줌마는 순발력이 좋았다.

차는 해안 도로를 빠르게 달려 어느 시골로 접어들었다. 과수원에서는 귤을 따느라 시끌벅적했다. 제주의 겨울 풍경은 어느 마을이나 비슷했다. 겨울이라서 아무것도 자라지 않는 텅 빈 밭에는 봄이 되면 초록색 보리가 자랄 거라고 했다.

돌담길로 들어선 차가 꼬불꼬불한 길을 지나 과수원 앞에 멈췄다. 엉거주춤한 돌담은 허리가 굽은 할머니와 닮았다.

"성님, 나와 봅서!"

할머니가 차에서 내리며 소리를 질렀다. 창고에서 모자를 쓴 할머니가 나와서 들어오라고 손짓했다. 연세가 90이 훌쩍 넘었는데도 걸음이 빨랐다. 그 할머니는 퐁드르에서 태어나 20살까지 살아서 예전의 일을 많이 알고 있었다.

창고로 들어가자 할머니가 빵을 내밀었다.

"옛날 제주에는 밀가루도 귀해서, 보리로 빵도 해서 먹었주."

할머니가 보청기를 끼고 있어서 이야기를 편하게 나눌 수 있었다. 보리빵은 맛없어 보였지만 성의를 생각해서 먹었다. 빵에 아무것도 넣지 않았는데도 의외로 단맛이 났다. 건강한 맛이라고 할까. 빵을 좋아하는 규완이가 떠올랐다. 녀석은 친구와 친구 부모님을 생각하며 또 자책하고 있을까?

"퐁드르에 살았던 때 이야기 좀 해 줍서! 4.3 때 학교를 군대가 차지했다고 하던데!"

펜션 할머니도 빵을 두 개나 먹었다.

"그 일을 말해도 되는 거라? 말 잘못하면 잡혀가는 거 아니? 이런 늙은 할망 잡아가도 쓸데없을 테주만은."

할머니가 농담처럼 말했지만 표정은 진지했다. 아직도 지난 날의 무서운 기억에서 벗어나지 못한 듯했다.

"시대가 바뀌어시난 걱정 맙서! 이제 4.3 유족들한테 국가에서 보상을 해 주캔 햄수다."

아줌마가 4.3 관련 기사를 보여 드렸지만 할머니가 눈이 안 좋다며 손을 내저었다.

"그 학교는 4.3 때 군인들이 들어오면서 문을 닫았주. 학교를 다닌 사람들은 지금 85살 넘었주게."

"성님, 학교 옆에 붙어 있던 초가집을 기억햄수과? 그 집에 7살짜리 남자아이가 살았댄 햄수다."

"그 학교는 동쪽에 있고 나는 서쪽에 살아서 잘 모르크라. 그때 다 초가집에 살았고 집집마다 아이들이 많았주. 7살이믄 나보다 한참 어리니까 어울려 놀지도 않아서 더 모르크라."

할머니가 고개를 저었다.

"잘 생각해 봅서!"

펜션 할머니가 수첩과 볼펜을 건네며 마을 지도를 그려 보라고 재촉했다. 할머니는 기억을 되짚으며 볼펜으로 마을 지도를 그리다가 눈을 지그시 감았다.

"그때 7살이믄 호적 이름이랑 다른 이름을 쓸 거라. 그 시절에는 어릴 때 부르는 이름이 따로 있었주. 사촌동생이 그 사람이랑 나이가 비슷허니까 알 것 같은데."

할머니가 핸드폰을 꺼내 누군가와 통화하며, 우리가 말한 소년의 이야기를 전했다. 한참 통화를 하던 할머니가 전화를 끊었다.

"학교 옆집에 남자아이가 살아시던 강생이라고 불렀댄."

할머니의 사촌이 말해 준 그분의 이름은 강성희로 강생이와 이름이 비슷해서 어릴 때 강생이라고 불렀다고 했다.

"4.3 때 강생이 아방, 어멍이 세상을 떠나부난, 강생이도 다른 마을로 이사를 갔댄. 그래서 마을에서 그 사람을 잘 모르는 거랜."

"강성희 할아버지의 부모님은 왜 돌아가셨어요?"

떨리는 마음을 가라앉히며 가장 궁금한 것을 물었다.

"군인이 쏜 총에 맞았댄. 돌봐 줄 사람이 없어서 강성희는 학교도 제대로 못 다니고, 옛날에 일본에 가서 산다는 소문이 있었다는데 지금은 어떵 살암신가."

할머니한테서 들을 수 있는 정보는 여기까지였다. 급하게 뛰던 가슴이 가라앉았고 다리에 힘이 쭉 빠졌다. 강생이 할아버지가 일본으로 떠났으니 더 이상 찾기 어려웠다.

그런데 강생이 할아버지의 부모님을 죽인 군인은 누구였을까? 그 생각을 하다가 무심코 고개를 돌렸는데 아줌마와 눈이 마주쳤다. 아줌마가 내 시선을 피했다. 아줌마도 나와 같은 생각을 했을까? 소설 내용을 떠올려 보았지만 할아버지가 사람을 죽였다는 이야기는 없었다. 사탕까지 주며 친하게 지내던 꼬마의 부모를 죽일 수 있을까?

"이제 일해야 되켜! 이야기하다 보니까 너무 놀았져!"

할머니가 장갑을 꼈다. 인사하고 우리는 다시 차에 올랐다.

"일본에 가셨다니 찾기 힘들겠어요."

"제주도에 살면 어떻게든 찾을 수 있을 텐데, 일본에 갔뎬 하니 쉽지 않으켜."

할머니가 식어서 딱딱해진 보리빵을 뜯어먹었다.

"할머니도 바쁘실 텐데 도와주셔서 감사합니다."

"공짜 아니라! 앞으로 나도 마준이한테 부탁할 일이 많아. 강성희 할아방을 내가 열심히 찾아볼 테니까 걱정 마라!"

역시 할머니한테는 포기라는 단어가 어울리지 않았다.

4.3 때 아버지가 돌아가신 할머니와 부모님을 잃은 강성희 할아버지, 두 분의 삶이 비슷했다. 이런 아픔을 갖고 평생을 살아온 사람이 제주에 얼마나 많을까? 오늘따라 할머니 입가의 주름이 더 깊어 보였다.

기억들

이모가 내민 메밀차의 구수한 향이 좋았다.
"제주도에 구경할 게 많아서 며칠 더 있어도 되죠?"
"방도 많으니까 마음껏 있다가 가도 돼."
이모는 커피 원두와 분쇄기를 알아보러 이모부와 시내에 간다고 했다. 봄이 되면 1층에 카페를 열 계획이었다. 사진 찍기 좋은 카페로 소문이 나도록 여러 가지를 준비하고 있었다. 이모부는 대기업에 다닐 때 바리스타 동아리 활동을 하며 이미 자격증을 따놓았다고 한다.
잿빛 구름이 하늘에 가득해 을씨년스러운 날이었다. 마당에 떨어진 나뭇가지들이 강한 바람에 여기저기를 나뒹굴었다. 아줌마는 이틀째 연락이 없다. 제주를 떠난 강성희 할아버지를 찾기 어려울 것이다. 돌담에 숨겨 놓은 사탕을 찾던 그 꼬마는 지금 어떤 모습일까?

"저는 몰라요. 본 적도 없어요. 그만 연락하세요!"

갑자기 규완이가 소리를 지르면서 핸드폰을 바닥에 던졌다. 다행히 액정에 조금 금이 갔을 뿐 고장 나지는 않았다. 녀석은 물을 벌컥벌컥 마시면서 부엌 바닥에 쭈그려 앉았다. 정신이 반쯤 나간 사람처럼 무표정했다. 무슨 말을 건네야 할지 망설이는데, 내 핸드폰이 울렸다. 아줌마가 바람이나 쐬러 가자고 말했다. 지금 규완이한테 꼭 필요한 일이었다.

"숨 막혀 죽을 것 같지? 우리 좀 나가자."

규완이가 점퍼를 챙겼다.

정류장 옆에 있는 아줌마 차에 올랐다. 할머니도 옆자리에 앉아 있었다.

"어디에 갈 거예요? 오늘 재미있게 놀아요!"

규완이가 호들갑을 떨었다.

"놀라운 소식을 전할게. 강성희 할아방을 찾안!"

할머니는 약도가 그려진 종이를 내밀었다. 한라산 중턱에 있는 요양 병원에 가는 길이 자세하게 적혀 있었다.
"어떻게 찾으셨어요?"
"우리 먼 괸당이 일본 오사카에 살암신디, 그 삼춘한테 꼭 찾아 달라고 부탁했주."
괸당은 친척이라는 뜻이라고 규완이가 덧붙였다.
"그 할아방이 너무 형편이 어렵댄. 부모 없이 혼자 크는라 공부도 못 했을 테고, 물려받은 재산도 없고, 몸까지 다쳤으니까."
할머니의 얼굴에 씁쓸함이 번졌다. 아줌마는 먹을거리와 할아버지께 드릴 두툼한 옷을 챙겨 왔다.

중산간 도로를 달리던 차가 산 쪽으로 더 올라갔고, 그 주변으로 넓은 초원이 펼쳐졌다. 말과 소들이 한가롭게 풀을 뜯어 먹는 모습이 광고 같았다.
"뛰어다니는 노루를 볼 수도 있주."
할머니의 이야기를 들으며 노루를 찾으려고 했으나 보이지 않았다. 멀리 제주도 앞바다가 한눈에 들어오고 섬도 보였다.
차가 조금 더 속도를 냈다. 길옆으로 나무가 우거진 깊은 숲이 있었다. 4.3 때 무고한 사람들이 이 근처에 숨었을까? 처음 총을 잡고 사람들을 향해 방아쇠를 당긴 신병들은 어떤 마음이었을까? 운동장에 쌓여 있는 시신들에서 검붉은 피가 흐르는 모습을 상상하다 구역질이 나서 창문을 열었다. 상쾌한 숲 냄새가 풍겨 왔다. 생각이 꼬리에 꼬리를 무는 동안 차는 넓은 목장 옆에 있는 요양 병원 앞에 멈췄다.

녀석이 차에서 귤 상자를 내렸고 나는 옷과 음식을 챙겼다.

"자원봉사를 하다 보면 강성희 할아버지를 만날 수 있을 거라."

아줌마는 요양 병원에 자원봉사 신청을 해놓았다. 개인 정보 보호가 강화되어서 환자의 입원 정보는 알 수 없었다. 또 무턱대고 강성희 할아버지를 찾아가도 우리를 멀리할 수 있었다.

병원에 소독약 냄새가 희미하게 풍겼다. 먼저 자원봉사 교육을 간단히 받았다. 나와 규완이는 청소를 맡았고, 아줌마는 조리실에서 설거지 담당이었다. 당장 강성희 할아버지가 입원했는지 물어보고 싶었지만 할 일이 태산이었다.

규완이는 병원에서도 칭찬을 받았다. 내가 청소한 곳은 얼룩이 남았다며 대걸레를 더 세게 문지르라는 잔소리를 들었다. 이제 겨우 1층 복도를 끝냈는데 몸은 땀범벅이었다. 어쩌다 제주에 와서 병원 청소까지 하고 있을까. 그래도 감귤 따기보다는 쉬웠다. 할머니도 손걸레로 창틀을 닦았다.

"할머니는 앉아서 쉬세요."

지나가던 간호사가 소파를 가리켰다.

"제주도 할망들은 움직일 수 있을 때까지 일을 해! 놀고 있으면 병이 나! 아직도 충분히 일할 수 있주."

할머니는 가장 부지런한 자원봉사자였다.

잠깐 쉬는 동안 지하에 내려갔더니 아줌마는 검은색 비닐 앞치마를 입고, 긴 장화까지 신은 채 부지런히 설거지를 하고 있었다. 청소를 하다 보니 3시간이 훌쩍 지났다. 마지막으로 카트에 간식을 싣고 병실을 돌며 환자들에게 나누어 주는 일을 해야 했다.

여자 환자들이 지내는 2층과 3층에 간식을 전달하고 남자 환자들이 있는 4층으로 올라갔다. 강성희 할아버지를 찾을 시간이 왔다. 4층 층계참에서 깊은숨을 내쉬었다.

"편하게 생각해."

규완이가 내 어깨를 다독거렸다.

401호실에 들어가 환자 명단을 보았지만 강 씨 할아버지는 없었다. 2호실에도 없었다. 3호실에 가려고 복도를 지나는데 규완이가 문앞에서 손짓을 했다. 환자 명단에 강성희라고 적혀 있었다.

403호 문손잡이를 돌리다가 문을 열 자신이 없어서 머뭇거렸다. 7살 꼬마는 지금 어떤 모습일까? 소년을 그리워했던 할아버지가 직접 왔다면 얼마나 좋았을까.

나를 대신해서 규완이가 천천히 손잡이를 돌렸다.

"문 닫지 마라. 나 들어가크라."

휠체어를 탄 채 한 손에 빈 소변통을 들고 있는 할아버지가 헛기침을 했다. 왼손은 주머니 속에 넣고 있었다. 우리 할아버지가 병원에 입원했을 때 내가 소변통 비우기 담당이었다. 할아버지는 털모자를 썼고 목에 건 이름표에 강성희라고 적혀 있었다.

"안녕하세요. 자원봉사를 왔어요."

규완이가 휠체어를 밀었다.

"날이 추워서 요즘 학생들은 봉사를 안 오는디 고마워."

할아버지는 앞니 몇 개가 빠져 있었다.

병실에 들어갔다. 4인실인데 한 분은 주무셨고, 두 분은 그냥 누워 계셨다. 너무 조용해 가습기 소리만 또렷하게 들려왔다. 뒤이어서 들어온 아줌마가 보온병에 든 차를 컵에 따랐다. 구수한 향이 병실에 퍼져 나갔다. 할머니는 병실에 들어오지 않고 1층 휴게실에서 우리를 기다렸다. 아마도 힘든 시간을 보내고 있을 강성희 할아버지를 만날 자신이 없는 듯했다.

"강성희 할아버지시네요. 제주도 사투리 강생이랑 비슷해요."

"어릴 때 우리 어멍, 아방이 나를 강생이라고 부르기도 했주."

"부모님 기억나세요?"

아줌마가 귤을 까서 할아버지에게 건넸다. 규완이는 다른 할아버지들을 챙겼다.

"7살 때니까 이젠 부모님 얼굴도 가물가물해. 그 시절에는 사진도 안 찍어시난. 저 세상에서 부모님을 만나도 못 알아볼 거라."

얼굴이 야윈 할아버지가 말을 할 때마다 입가에 주름이 생겼다.

"부모님은 언제 돌아가셨어요?"

"4.3 때……. 그 일을 알아?"

할아버지가 기침을 해서 아줌마가 담요를 덮어드렸다.

"역사 시간에 배웠어요."

"학교에서 4.3도 가르치고 세상이 변했구나. 옛날에는 4.3 때 부모가 죽었다고 하면 빨갱이라고 했주."

할아버지는 그때의 기억을 더듬는지 힘겹게 입을 열었다.

읍내에서 가게를 하던 아버지는 아들이 아프다는 소식을 듣고 약을 사서 밤에 마을로 오고 있었다. 흉흉한 소문이 돌던 시절이라 걱정이 된 어머니가 마을 어귀에서 아버지를 기다렸는데 두 분 모두 돌아오지 못했다. 이튿날, 토벌대가 쏜 총에 죽었다는 소문이 돌았지만 시신을 찾을 수 없었다.

"내가 그때 아프지 않았다면 우리 부모님이 살았을지도 모르지. 다 나 탓이여."

"토벌대가 무차별적으로 죽인 탓이죠. 절대 할아버지 잘못이 아니에요."

"무서운 시절이었주. 지금도 군인, 경찰만 보면 겁이 나. 오랜만에 사람들을 만나니까 반가워서 나도 모르게 옛날이야기를 햄신게."

할아버지는 따뜻한 차로 목을 축였다.

"4.3 이야기는 청소년들도 알아야 하니까 편하게 들려줍서! 어느 마을에 사셨수과?"

아줌마가 이야기를 잘 이끌어 갔다.

"퐁드르에 살았주. 마을 뒷산 어딘가에 우리 부모님 시신이 묻혔을 거라고 하는데, 건강했으면 온 마을의 땅을 다 파서라도 시신을 찾을 건디."

할아버지의 한숨이 병실을 가득 채웠다.

"꼭 찾으면 좋으쿠다. 그때도 요즘처럼 마을마다 학교가 있었수과?"

아줌마가 물수건으로 할아버지 손을 닦아드리려고 하자 할아버지가 고개를 강하게 저었다. 아줌마가 얼굴을 붉혔다.

"퐁드르에 학교가 있었주. 우리 집이 학교랑 붙어 있어신디,

군인들이 학교에 살았주게."

나는 손에 든 컵을 떨어뜨릴 것 같아 창가 옆에 내려놓았다.

"친한 군인도 있었수과?"

아줌마가 준비해 온 음식과 옷을 가방에서 꺼냈다.

"마을 사람들은 군인들을 무서워해서 우리 집 근처에는 얼씬도 안 해신디, 그때 나한테 사탕을 주는 고마운 군인이 있었주. 내가 가끔 맛 좋은 열매를 돌담 구멍에 두면 군인이 먹언."

강성희 할아버지는 우리 할아버지를 기억하고 있었다. 물끄러미 할아버지를 보며 7살 때는 어떤 얼굴이었을지 상상해 보았다.

"그 군인을 만나고 싶으세요?"

내 목소리가 너무 커서 옆 침대에 누워 있던 할아버지가 일어났다.

"군인이 나보다 나이가 훨씬 많으니까 저 세상에 갔을 테주. 나도 몸이 안 좋아서 살 날이 얼마 안 남았지만, 그 전에 우리 부모님 시신만 찾으면 소원이 없어."

할아버지가 창문을 열어 달라고 했다. 함박눈이 내리고 있었다. 눈이 더 내리면 차를 타고 내려갈 수 없으니 서둘러 가야 한다고 했다. 트럭 바퀴에 체인을 감아도 한라산 중턱이라 금방 눈이 쌓여서 차가 다닐 수 없다고 간호사들이 걱정했다.

"내일 또 올게요. 건강하세요."

할아버지의 손을 붙잡았다. 왼손 가운뎃손가락이 없었다.

"일하는데 공장 기계가 고장 나 순식간에 없어져부런. 걱정 마라, 네 개만 있어도 살아갈 수 있어. 물론 다섯 개면 더 좋고!"

아줌마가 손을 닦으려고 했을 때 싫다고 한 이유가 있었다.

먼저 주차장으로 내려간 아줌마가 자동차에 체인을 감았다. 병실 안에서 우리를 지켜보던 할아버지가 얼른 가라고 손짓했다.

그 비밀들

밤이 깊어 갈수록 많은 눈이 내려 마당을 덮었다. 지금쯤 강성희 할아버지는 병실에 누워 창밖을 우두커니 보고 있을까?

우리 할아버지가 입원했을 때, 같은 병실에 가족이 없는 환자가 있었다. 내가 종종 간식을 챙겨드렸는데 어느 날 새벽에 일어나보니 그 환자의 침대 위에 흰 천이 덮여 있었다. 내일 눈이 그치면 요양 병원에 가 봐야겠다.

규완이는 내 노트북으로 영화를 본다며 방에서 나오지 않았다. 이모와 이모부는 피곤한지 일찍 잠이 들었다. 예상보다 커피 기계가 비싸 망설이는 눈치였다. 무리해서 준비했는데 손님이 안 오면 손해가 클 테니까. 어른이 되면 끊임없이 선택을 하고 또 책임을 져야 했다.

  방에 들어와 불을 끄고 침대에 누웠지만 잠이 오지 않았다.

  이제 나는 무엇을 해야 할까? 우리 할아버지의 사진을 보여 주면 강성희 할아버지는 기억할까? 그렇다고 달라지는 것은 무엇이 있을까? 이미 할아버지는 세상을 떠났고, 특별한 유언도 남기지 않았다. 괜히 강생이 할아버지의 아픈 상처만 헤집을 수도 있었다.

  4.3 때 부모님이 일찍 세상을 떠나지 않았다면 강생이 할아버지는 지금 다른 삶을 살고 있을까? 할아버지는 분명한 피해자였지만 그 누구도 할아버지의 아픔을 보듬어 주지 않았다.

  강생이 할아버지를 직접 만나고 나니 환상의 섬, 아름다운 섬이라는 별명이 제주도와 어울리지 않았다. 제주도에 오는 수많은 관광객들 중에 제주공항 근처의 땅속에 수백 구의 시신이 묻혔다는 것을 몇 명이나 알까? 정방폭포와 성산일출봉의 경치를 감탄하며 사진만 찍을 뿐, 그곳에서 대규모 학살이 일어났다는 것을 아는 사람은 거의 없을 것이다. 물론 나도 퐁드르에 오기 전에는 그 비극을 몰랐으니까.

"일어나 봐."

깜박 잠이 들었는지 규완이가 나를 흔들어 깨웠다. 시계를 보니 새벽 2시가 지나고 있었다.

"할아버지의 소설 속에 비밀이 있어."

"무슨 말이야?"

정신을 차리고 녀석이 하는 말을 들었다.

"소설에서 문장 끝과 다음 문장의 연결이 자연스럽지 않아 꼼꼼하게 읽다가 암호를 발견했어."

규완이는 문장의 첫 글자들만 세로로 연결해서 읽어 보라고 했다. 문장이 어색해서 읽기 어려웠던 단편 「증오」의 문장 첫 글자만 이어서 읽었다.

우/리/부/대/원/이/밤/에/마/을/사/람/두/명/을/죽/였/다/강/성/희/부/모/였/다/꼬/마/는/죽/음/을/정/확/히/몰/랐/다/부/모/의/시/신/도/못/봤/으/니/까/시/신/도/없/고/장/례/식/치/를/수/없/던/시/절/이/었/다/다/른/마/을/에/사/는/친/척/이/꼬/마/를/데/려/갔/다/

녀석이 준 차가운 물을 마시고 정신을 가다듬었다.

삼/십/여/년/이/흘/러/다/시/그/마/을/에/갔/다/소/년/이/어/
디/로/갔/는/지/찾/을/수/없/었/다/그/소/년/의/집/과/밭/은/
다/른/지/역/에/서/온/친/척/이/차/지/했/다/그/친/척/은/가/
짜/였/다/서/북/청/년/단/원/이/확/실/했/다/강/생/이/아/버/
지/의/시/내/점/방/도/가/짜/계/약/서/로/차/지/했/다/그/는/
점/방/에/가/서/물/건/을/외/상/으/로/가/져/가/돈/을/갚/지/
않/고/아/버/지/를/괴/롭/히/던/놈/이/다/그/연/유/를/따/졌/
더/니/나/를/사/삼/사/건/조/사/하/고/다/닌/다/며/경/찰/에/
신/고/했/다/서/북/청/년/단/출/신/이/라/경/찰/에/아/는/사/
람/이/많/았/다/그/는/분/명/히/황/씨/다/이/름/을/개/명/해/
서/다/른/사/람/인/줄/알/았/다/소/년/의/부/모/는/오/름/입/
구/에/서/가/장/큰/퐁/낭/아/래/묻/었/다/그/이/야/기/를/소/
년/에/게/어/떻/게/전/해/줄/수/있/을/까/강/생/이/가/나/를/
용/서/해/줄/까/

그 문장들을 종이에 옮겨 적는데 손이 너무 떨렸다. 강생이 할아버지 부모님한테 총을 겨눈 사람은 누구였을까? 우리 할아버지의 선한 미소가 머릿속을 스쳐 지나갔다. 평생 괴로워하며, 그 소년을 만나러 다시 제주도에 왔다는 것은 어떤 의미일까? 그렇다면 이 글은 반성문인 셈이었다.

"단편 소설 「약속」의 내용도 실제 일어난 일인가 봐. 황 씨가 누굴까?"

규완이는 재산을 가로챈 황 씨한테 더 관심을 보였다. 소설 「약속」은 시내에서 작은 가게를 하는 중년 사내가 외상으로 물건을 가져가는 남자한테 물건값을 달라고 했다가 폭행당하는 이야기다. 경찰에 신고해도 그 남자는 처벌을 받지 않았다. 그러던 중 주인이 갑자기 죽고, 그 소식을 들은 폭행범은 주인한테 돈을 빌려줬다는 가짜 차용증을 만들어서 그 가게를 빼앗아 부자가 된다.

"강생이 할아버지는 어른이 되어서도 힘이 없어서 재산을 찾지 못했을 거야. 아니, 재산이 있다는 사실도 몰랐겠지."

녀석의 말이 귀에 들어오지 않았다. 강생이 할아버지 부모님이 총을 맞고 세상을 뜨지 않았다면 벌어지지 않았을 일들이었다.

우리 부모님이 아무 잘못도 없이 총에 맞아 세상을 떠났다는 상상을 해 보았다. 합당한 법의 심판과 보상을 받지 못한다면, 내가 그 범인을 잡으려고 평생 쫓아다닐 것이다. 법의 심판과 보상을 받았다 하더라도 부모를 잃은 슬픔과 억울함이 없어지지 않아 평생 범인을 원망하며 살았을 것이다.

강생이 할아버지, 펜션 할머니의 부모님을 죽인 사람들은 어떤 처벌도 받지 않았다. 심지어 시신도 찾지 못했다. 그리고 빨갱이의 자식이라고 할까 봐 평생 입을 다물고 살아왔다. 두 분은 그 긴 세월 동안 억울함, 분노, 그리움들을 어떻게 참으며 사셨을까?

5학년 때가 떠올랐다. 아이들한테 얻어맞고 화장실 변기 칸에 들어가 숨죽여 울었다. 아픈 것보다 힘든 것은 억울함이었다. 아무 잘못도 없이 맞았는데 선생님과 부모님께 말할 수 없는데다 오히려 맞을 짓을 해서 맞았다는 비웃음을 견디기 힘들었으니까. 그때 흘린 눈물의 뜨거움을 지금도 잊을 수 없다.

규완이 친구의 부모님도 떠올랐다. 두 분은 평생 어떻게 살아야 할까? 자식 잃은 슬픔을 나는 감히 가늠할 수가 없었다. 그리고 A 선수가 이번에 처벌받지 않으면 또 폭행과 성추행을 일삼아 더 많은 피해자가 생길 테니 막아야 했다. 당연히 처벌도 받아야 한다. 처벌을 받는다고 해서 피해자 부모님의 억울함이 사라지지는 않을 테지만.

규완이를 설득하러 거실로 나갔다. 마침 녀석도 어두컴컴한 구석에 앉아 있었다.

"무슨 생각해?"

녀석은 대답하지 않았다. 나는 그 옆에 나란히 앉았다.

"네가 증인으로 나서야 할 것 같아."

"갑자기 왜?"

규완이가 의외로 차분하게 물었다. 녀석도 자신이 할 일을 알고 있는 듯했다. 나는 아이들한테 맞고 놀림당해서 힘든 시간을 보내던 5학년 때를 이야기했다.

"네가 나한테 도움을 주지 않았다면 나는 지금 어떻게 살고 있을까?"

규완이도 그때의 나를 또렷하게 기억하고 있었다.

"친구가 폭행과 성추행을 당한다고 코치님께 말했다면 그 녀석은 지금 살아 있겠지?"

"이제라도 증인으로 나서면 되는 거야."

"선배의 협박보다 그 녀석을 질투하고 경기에 출전하지 못하기를 바랐던 내 자신이 부끄러워서 망설였는지도 몰라. 그런데 평생 사죄하며 살았던 네 할아버지, 피해자인 강생이 할아버지와 펜션 할머니를 보니 늦었지만 이제라도……."

녀석이 친구 아버지에게 전화를 했다.

"밤늦게 죄송한데요, 지금 연락하지 않으면 내일 아침 마음이 바뀔 것 같아서요. 지금 제 이야기를 녹음해 주세요. 제가 본 것들을 다 말할게요."

다시, 시작

 뜬눈으로 밤을 지새우고 새벽 6시가 되기만을 기다렸다. 아줌마가 일어나는 시간이었다.
 6시 10분이 되자 아줌마에게 전화해서 소설 속에 숨겨진 비밀을 털어놓았다. 총을 쏜 사람이 누구라고 말하지 않았지만 아줌마는 할아버지의 소설을 읽고 이미 알고 있었다.
 "어머니도 그 소설을 읽으셔서 다 알고 계셔. 할아버지가 토벌대로 제주에 왔지만 평생 반성하셨으니 그 마음을 이해하셨을 거라. 어머니가 4.3을 잘 알고, 모임도 하시니까 많이 도와주실 거여. 걱정하지 마라."

아줌마의 따스한 말에 긴장이 풀렸는지 배에서 꼬르륵 소리가 났다. 어제 늦게 점심을 먹고 지금까지 아무것도 먹지 않았다.

전화를 끊고 1층으로 내려갔다. 규완이는 이모와 이모부에게 운동부에서 있었던 일, 친구의 죽음, 그리고 증인으로 경찰서에 가야 하는 상황을 털어놓았다.

"쉽지 않을 거야. 네가 힘들어질 것 같아 말리고 싶지만, 나도 부모니까 그 피해자 가족의 마음도 이해가 돼."

이모부가 규완이를 안았고, 이모가 물끄러미 그 모습을 바라보았다.

초등학교 5학년 때 규완이에게 진 빚을 갚을 때가 왔다. 훗날 규완이가 지금의 선택이 옳았다고 말할 수 있도록 나도 최선을 다해서 도울 거다.

잠시 뒤, 할머니가 연락을 해 왔다. 여쭤보고 싶은 말이 산더미였지만 무슨 말부터 해야 할지 몰라 머뭇거리고 있었다.

"강성희 할아방의 부모님 시신이 지금도 퐁낭 아래 있을 거여. 4.3 단체에 연락하면 시신 수습을 부탁할 수 있으니까 걱정허지 마라."

"강성희 할아버지한테는 어떻게 전해야 할까요? 충격이 크실 텐데."

"부모님 시신을 찾고 싶어 하셨으니 꼭 전해야주. 오늘 강성희 할아방을 만나러 가야지."

"저희 할아버지의 잘못이라서 저는 강성희 할아버지를 뵐 수 없어요."

"마준이 할아버지는 반성하면서 강성희 할아방도 만나러 제주에 왔고 이렇게 글도 남겨 놓았잖아. 4.3 관련 글을 잡지에 쓰젠하다가 붙잡혀 가서 고생도 했고. 진심으로 반성하면 다 용서해 줘. 문제는 반성하지 않는 사람들이주."

할머니의 말처럼 강생이 할아버지는 우리 할아버지를 용서해 주실까? 할머니는 서북청년단 출신 황 씨가 가로챈 부동산은 좀더 알아보겠다고 말했다. 전화를 끊고 나니 몸의 기운이 다 빠지면서 하품이 나왔다.

"이제 할 일이 많으니까 조금이라도 자야겠어."

규완이가 방에 커튼을 치고 침대에 누웠다. 나도 따스한 바닥에 이불을 깔았다.

알람이 울려 일어났다. 10시가 넘었다.

"얼른 밥 먹어라! 든든하게 먹어야 일을 하지."

이모가 커튼을 걷었다. 눈부신 햇살이 침대 위로 쏟아졌다.

아침 식사는 옥돔구이였다. 입맛이 없었지만 강생이 할아버지를 만나러 가려면 든든하게 먹어야 했다. 규완이도 밥을 두 그릇이나 비웠다.

식사를 마치고 소설 속 비밀 문장을 노트북에 정리하는데 할머니가 전화를 해 왔다.

"4.3 그즈음에는 지금처럼 부동산 등기가 명확하지 않아 남의 땅을 가로채는 일이 있었주. 특히 일가족이 다 세상을 떠난 집도 많으니까. 강성희 할아방네 부모님이 장사를 하던 곳은 지금 황 씨가 주인이랜 햄쪄."

할머니가 평소보다 더 빠르게 말했다.

할머니는 마을 어르신들한테 물어서 가게 위치를 확인했다고 한다. 그 주소를 인터넷 등기소에 입력하면 지금 누가 주인인지 쉽게 알 수 있었다.

"황 씨가 누구냐면 회장 할아방이여! 그 할아방이 서북청년단 출신으로 사람들을 괴롭혔다는 이야기를 얼핏 들었지만 증거가 없었주. 그런데 이런 짓까지 했을 줄이야!"

"지금이라도 뺏긴 재산을 다시 찾을 수 있어요?"

"시간이 너무 흘렀고 가로챘다는 증거도 없어서 찾기 어려울 거라."

전화기 너머로 할머니의 한숨 소리가 들렸다.

4.3은 흘러가 버린 먼 옛날의 일이 아니었다. 시간이 더 흘러

서 가해자, 피해자들이 모두 세상을 떠나기 전에 '혼저' 풀어내야 할 일이 산더미였다.

할머니가 등기부등본을 사진으로 찍어서 핸드폰 메시지로 보내왔다.

소유주는 황 씨였고 수십 년 동안 주인은 변한 적이 없었다. 소유자의 주소도 적혀 있어서 인터넷에 입력해 보았다. 회장 할아버지네 집이 확실했다. 그렇다면 그 집도 원래 다른 사람의 것인데 가짜 계약서를 만들어서 가로챈 것일까?

한목리 경로당에 처음 갔을 때, 나를 바라보던 영감탱이의 눈빛을 잊을 수가 없었다. 그리고 우리를 내쫓으려고 꾸몄던 그 많은 일들. 2층 옥상에 올라 나와 규완이를 계속해서 지켜보았던 걸까?

규완이가 방에 들어와서 짐을 챙기기 시작했다.

"서두르자. 앞으로 할 일이 정말 많아."

규완이는 이모와 함께 서울로 가서 피해자 부모님을 만나기로 했다. 오후 비행기를 타려면 시간이 없었다.

"용기 내 줘서 고마워. 예상보다 진실을 밝히기 힘들 수도 있을 거야. 파이팅!"

"응. 너도 파이팅!"

녀석이 나에게 미소를 지었다.

나는 아줌마, 할머니와 요양 병원으로 가서 강생이 할아버지를 만나야 한다. 벌써 할머니가 '혼저' 가자고 외치는 소리가 들리는 것 같았다.

지금도 흐르고 있는 이야기
『4월, 그 비밀들』

천세은 | 뮤지컬 〈마리 퀴리〉 극작가

이 작품은 제주 4.3과 관련하여 학부모들에겐 아주 어렵기만 한 숙제를 간단히 해결해 줄 수 있는 열쇠 같은 작품이다.

제주도는 외국풍의 멋진 카페와 엄청난 규모의 전시, 이색적인 체험들을 할 수 있는 유명 관광지이다. 어느 해, 여느 관광객들처럼 나 역시 아이와 함께하는 제주 여행에서 힐링할 생각에 마냥 들떴었다. 그러던 중, 차를 타고 한라산 중산간 마을을 지나던 길에 아이가 갑작스레 질문을 했다.

"엄마, 4.3이 뭐야?"

그리고 보니 길가에 현수막이 하나 걸려 있었다. 이 작품에 나오는 것처럼 제주 4.3 진상 조사에 대한 내용이었다. 순간 남편과 나는 머뭇거리다가 침묵했다. 어렴풋이 알고 있는 그 참혹한 역사를 어떻게 설명해야 할지 막막했기 때문이다. 부모로서 당연히 전해 주어야 할 이야기를 제대로 해 주지 못했다. 아니 제주 4.3을 얼마나 잘 알고 있나, 내 자신에게 먼저 물어봐야 했다. 처음 『4월, 그 비밀들』을 읽었을 때 감사한 마음부터 들었던 것은 이 때문이다.

이 책은 누구나 경험할 수 있는 일상의 폭력과 4.3으로 대표되는 국가 폭력의 역사에 이르기까지 '우리 사회의 문제'를 아이들의 눈높이에 맞게 쉽고 흥미롭게 풀어냈다.

나도 글을 쓰지만, 어떤 장르의 작품에서든 지난 역사를 소환할 때는 잊지 말아야 할 질문이 있다.

'우리는 왜, 지금, 여기서, 이 이야기를 나눠야 하는가?'

그렇다면 2022년 대한민국에서 제주 4.3 이야기를 나눠야 하는 이유는 무엇인가? 그것은 지난 폭력의 역사가 현재를 살아가는 우리에게도 여전히 유효한 문제이며, 이 사회가 올바른 방향으로 나아가는 답 역시 역사를 바로 바라보는 과정에서 찾을 수 있기 때문이다.

『4월, 그 비밀들』은 많은 이에게 아픔을 준 폭력의 역사가 현재까지 어떻게 이어져 왔는지 잘 보여 준다. 할아버지를 꼭 닮은 마준이는 할아버지가 남긴 '제주, 퐁뜰, 강생'의 의미를 찾아가는 동안 성장한다. 아울러 우리도 마준이를 따라 진실에 다가가는 길에 첫발을 떼고, 다양한 사연을 품고 사는 사람들을 만나면서 상상도 못 할 삶의 풍경들을 마주한다.

마준이의 여정은 사람이 사람에게 해서는 안 되는 잔인한 일들이 어떻게 일어났고, 어떠한 상처를 남겼는지 선명하게 드러내며, 우리가 그 슬픔에 공감하고 아파할 수 있도록 한다. 무엇보다 할아버지가 젊은 날의 일을 진심으로 반성하고 제주 4.3의 슬픔을 알리려 했던 꿈이 짓밟혀 사라지지 않고 값진 유산으로 남아 손자에게 전해지는데, 이것이 지난 역사를 오늘날에도 이야기해야 하는 이유이다.

마준이와 규완이가 겪은 학교 폭력 역시 4.3이라는 국가 폭력과 따로 흐르지 않는다. 학교 폭력의 목격자로서 증언을 고민하던 규완이는 마준이의 여정에 동행하며 국가 폭력의 피해자들이 70여 년 동안 어떻게 살았는지 목격한다. 누구나 무서운 일의 목격자가 되면 괴롭고, 어려운 선택의 기로에 빠질 수밖에 없다. 규완이는 치열한 고민 끝에 자기가 본 그대로를 말하겠다며 용기를 낸다. 피해자와 또 생겨날지도 모를 잠재적 피해자들을 위해서, 이 세상 모든 사람들을 위해서 말이다.

문부일 작가의 작품 속 주인공들은 지나치게 의롭거나 정의감이 넘치지 않아 매력적이다. 지극히 현실적이고 평범해 누구나 쉽게 공감할 수 있다. 『4월, 그 비밀들』에서도 마찬가지였다.

마준이와 규완이에게 이입한 우리는 적당한 거리를 두고 사건에 다가갈 수 있다. 그런데 사건에 다가갈수록 국가 폭력과 학교 폭력의 목격자가 된 우리는 외면하고 싶은 마음과 진실 사이에서 잠시 괴로울 수도 있다. 하지만 어느 방향으로 가야 하는지 어렵게 결정하는 순간, 우리는 '평범한 우리 안의 영웅'이 훌쩍 자라나는 것을 느낄 수 있다.

역사는 흘러간 옛날이라고 생각하겠지만 절대로 아니다. 역사를 알아야 다시는 잘못을 반복하지 않는다. 더욱이 서로를 아프게 하거나 따뜻하게 보듬는 것은 사람이니, 우리는 부지런히 어제와 오늘 그리고 내일을 돌아다볼 필요가 있다. 어제의 역사에서 오늘의 목소리를 찾아 미래를 바꾸는 계기를 주는 이야기, 『4월, 그 비밀들』이 바로 그러한 작품이다.

작가의 말

　제주가 고향이라 어린 시절부터 제주 4.3의 슬픈 사연들을 들으며 자랐습니다. 하지만 그때는 어려서 경찰과 군인이 사람들을 죽였다는 말을 제대로 이해하지 못했습니다. 왜냐하면 학교에서 군인과 경찰은 국민을 보호해 주는 정의로운 존재라고 배웠으니까요.
　시간이 흘러 군인과 경찰, 서북청년단이 제주도 사람 수만 명을 학살했다는 구체적인 이야기를 듣고 충격을 받았습니다. 거짓말 같은 소문이라면 좋았을 테지만, 주변의 어르신들이 겪은 일들이라 믿지 않을 수 없었습니다.

청소년기에 제주 4.3 이야기를 들을 때마다 세상에는 내가 모르는 일이 참 많구나! 내가 알고 있는 것들이 모두 진실일까? 의문이 들어서 다큐멘터리 방송을 꾸준히 시청하고 신문과 책을 읽기 시작했습니다.

1948년 국가 공권력이 수많은 제주도민을 학살했지만 책임지는 사람은 없었습니다. 반세기가 훌쩍 넘어서야 진상 규명을 하고 국가가 공식 사과를 했습니다. 왜 그렇게 오랜 시간이 걸렸을까요?

제주도에서 고등학교를 다닐 때, 학교에서 4.3을 배울 수 없어서 아쉬웠습니다. 하지만 이제 제주도에서는 초등학생 때부터 4.3을 배운다고 합니다.

자신이 살고 있는 지역의 역사를 알아야 우리나라 역사도 잘 알 수 있습니다. 또 폭력의 문제, 인권의 소중함을 알아야 이 세상에 이런 비극이 다시 일어나지 않도록 노력할 테니까요. 역사는 반복된다고 말합니다. 정확히 말하면, 사람들이 반복하는 것입니다.

앞으로 제주 4.3은 할 일이 참 많습니다. 진상 규명을 더 확실하게 해야 하고, 예전에는 '4.3사건'이라고 불렀으나 이제 올바른 이름도 찾아야 합니다. 저를 비롯해 많은 분들의 관심이 필요합니다.

제주 4.3 이야기를 청소년 소설로 써 보라는 제안을 여러 번 받았습니다. 하지만 쓸 엄두를 내지 못하다가 지난해 4.3특별법 개정안이 국회를 통과해 보상을 시작한다는 반가운 소식을 듣고 용기를 냈습니다.

저는 제주 4.3을 과거가 아닌 현재 시점에서 바라보고 싶었습니다. 하지만 역량이 부족해 그 아픔을 오롯이 담지 못했습니다. 앞으로 더 공부하고 노력해야겠다고 다짐했습니다.

엄혹한 군사 정권 시절, 4.3의 비극을 글로 썼다는 이유로 고통을 겪은 작가님, 열심히 취재해 주신 언론인, 진상 규명에 힘쓰신 시민사회단체 관계자, 생생하게 증언해 주신 피해자, 유족 분들이 계셔서 저는 4.3 자료를 쉽게 찾을 수 있었습니다. 제주4.3평화재단 아카이브 자료도 많은 도움이 되었습니다. 고맙습니다.

4.3 당시 경험을 들려주신 양정숙 여사님, 원고를 완성할 수 있도록 격려해 준 편집자 여은영 님, 추천사를 써 주신 극작가 천세은 님께도 감사를 드립니다.

이 글을 쓰는 동안 1948년 음력 10월 16일, 토벌대가 쏜 총에 맞아 세상을 떠난 꿈 많던 20대 초반의 청년이 떠올랐습니다. 희생자, 고통스러운 삶을 사신 피해자 분들께 고개를 숙입니다.

문부일 올림

참고 자료

현기영 『순이 삼촌』 창비 1979 초판
현기영 『아스팔트』 창비 1986
이영권 『제주 역사 기행』 한겨레 2004
제주4·3평화재단 홈페이지 아카이브 https://www.jeju43peace.or.kr
제주KBS 고고 제주찾기! 「성산동공립학교와 터진목」 2021. 5. 24.
오마이뉴스 「제주 4.3 여성들이 겪었던 기막힌 사연들」 2018. 4. 2.
미디어오늘 「제주 4·3, 토벌대는 사라진 자 대신 그의 아내를 죽였다」 2018. 4. 3.
CBS노컷뉴스 「임기상의 역사산책 92-서북청년단, 그 죄를 어찌할까?」 2014. 10. 1.
제주CBS 시사매거진 「제주 4.3 흔적에서 교훈으로」 시리즈 2021. 3. 6 ~ 8. 28.